Marion Birkigt
HANNAH STARTET DURCH

Marion Birkigt

Hannah startet durch

Internat Eichenhof – Band 2

FRANCKE
Verlag der Francke-Buchhandlung GmbH

Über die Autorin:
Marion Birkigt, Mutter von drei Kindern, lebt in Hamburg und Spanien und ist als Lehrerin in der Erwachsenenbildung tätig. Sie hat 20 Kinder-Krimis, neun Mädchen-Romane und eine heitere Erzählung für Erwachsene veröffentlicht.

Bibliografische Information Der Deutschen Bibliothek
Die Deutsche Bibliothek verzeichnet diese Publikation in der Deutschen Nationalbibliografie; detaillierte bibliografische Daten sind im Internet über http://dnb.ddb.de abrufbar.

ISBN 978-3-86122-896-7

35037 Marburg an der Lahn
Umschlaggestaltung: Henri Oetjen, DesignStudio Lemgo
Satz: Verlag der Francke-Buchhandlung GmbH
Druck: Koninklijke Wöhrmann, Niederlande

www.francke-buch.de

Inhaltsverzeichnis

1. Die Mädchen-WG

„Weißt du schon das Neueste?!“ Leonie knallt unsere Zimmertür hinter sich zu und wirft sich auf ihr Bett. „Vincent ist nicht mehr mit Theresa zusammen!“

Vincent ist unser heimlicher Schwarm – er war der Hauptdarsteller des Theaterstückes, das wir im November aufgeführt haben –, und mit Leonie teile ich mir das „Amselzimmer“ im „Haus Linde“.

„Ich habe es von Jenny, die hat eine Freundin, die mit Theresa zusammen wohnt. Es ist definitiv aus zwischen den beiden!“

„Das ist ja ’n Hammer! Hat er eine Neue?“

„Ne, angeblich nicht. Und Theresa hat auch keinen anderen, sagt Jenny. Sie haben sich einfach nicht mehr verstanden und fast nur noch gestritten.“

Das kann ich mir bei dem freundlichen und immer hilfsbereiten Vincent gar nicht vorstellen, er ist der absolute Sonnyboy des Internats. Dass er jetzt wieder solo ist, ist echt eine Neuigkeit!

„Los, komm, das müssen wir Conny erzählen!“

Conny, die eigentlich Constanze heißt, ist ebenso wie wir in Vincent verknallt – ohne, dass er es weiß, natürlich. Wir haben auch gar keine Chance, dazu ist die Konkurrenz bei den älteren Mädchen zu groß: Leonie, Conny und ich gehen erst in die Neunte, aber trotzdem ist es ein angenehmer Gedanke, dass Vincent wieder zu haben ist.

Conny bewohnt zusammen mit Vanessa das „Nachtigallenzimmer“, doch das ist an diesem Samstagnachmittag Ende Januar leer. Es gleicht unserem durch die identische Möblierung – zwei Betten, zwei

Schreibtische, zwei schmale Kleiderschränke – und unterscheidet sich nur durch persönliche Gegenstände auf den Regalen und herumliegende Klamotten.

„Wahrscheinlich sitzt sie im Gruppenraum und puzzelt wieder!"

Leonie nickt. Zu Weihnachten hat Conny zwei Mordillo-Puzzles mit je tausendfünfhundert Teilen geschenkt bekommen und ist jetzt regelrecht süchtig nach den kleinen Knollennasenmännchen, die sich im Dschungel oder auf einer einsamen Südseeinsel tummeln.

Das „Lindenhaus" hat im ersten Stock vier Zweibettzimmer, einen Waschraum mit Toiletten und am Ende des Flures den Gruppenwohnraum. Und richtig, hier finden wir Conny im Schneidersitz auf dem Boden, wo sie die einzelnen Teile nach Farbhäufchen sortiert und mit den Eckstücken und glatten Kanten begonnen hat.

Auf dem großen Sofa sitzt Vanessa und blättert in einem exklusiven Modemagazin, wie man an dem Glanzumschlag erkennen kann. Gegenüber brütet Ann-Kathrin über einem Kreuzworträtsel, wird aber immer wieder von ihrer Zimmergenossin Maja unterbrochen, die neben ihr einen Psychotest in einer Zeitschrift ankreuzt.

„Sag mal: Wenn du ein Tier sein müsstest – welches würdest du wählen? Und warum?"

Als ich vor einem guten halben Jahr ins Internat kam, hatte Ann-Kathrin eine ausgesprochen unvorteilhafte Frisur – Mittelscheitel und Krisellocken von einer viel zu starken Dauerwelle –, dazu noch einen sehr unreinen Teint. Nachdem wir sie zum Frisör geschleppt und dafür gesorgt haben, dass sie ein hautfreundliches Make-up aufträgt, sieht sie sehr viel besser aus. Eine gute Figur hatte sie sowieso, was man von der rundlichen Maja nicht behaupten kann. Immerhin trägt sie nach unserem „Verschönerungsprogramm“ weder ihre zeltartigen schwarzen Klamotten noch ihre Brille, sondern hat Kontaktlinsen, die ihr wesentlich besser stehen. Eine Schönheit wird Maja nie sein – es sei denn, sie nimmt ungefähr zwanzig Kilo ab – im Gegensatz zu Vanessa mit ihren langen blonden Haaren und Kleidergröße 36/38. Dafür ist Vanessa die Zicke in unserer Wohngemeinschaft, weil sie immer das letzte Wort haben muss. Egal, wenn acht Mädchen zusammenleben, kann es nicht ohne Reibereien abgehen. Am Anfang war es richtig hart für mich, aber das lag mehr an mir als an den anderen. Ich wollte mich auch gar nicht eingewöhnen. Doch das ist Schnee von gestern, jetzt verstehe ich mich mit Leonie und Conny bestens, und die anderen sind bis auf Ness auch ganz brauchbar.

„Katze“, sagt Ann-Kathrin auf Majas Psycho-Frage. „Die kann gemütlich am warmen Ofen sitzen, wird gestreichelt und muss sich nicht selbst um ihr Futter kümmern.“

„Ich wär’ gern ein Eichhörnchen“, seufzt Maja. „Die turnen in den Bäumen rum und sind dabei noch niedlich.“ Maja selbst ist sportlich gesehen eine totale Niete, sie kriegt nicht mal einen Klimmzug hin.

Ann-Kathrin wirft einen Blick aus dem Fenster: Es schneit bereits seit Stunden, draußen ist alles weiß. „Ne, du! Eichhörnchen müssen auch bei solchem Wetter draußen sein, die halten keinen Winterschlaf. Und ob die Armen ihre im Herbst vergrabenen Nüsse wiederfinden, ist auch nicht raus.“

„Na gut, dann nehme ich auch ‚Katze‘“, zeigt Maja sich einsichtig.

Conny ist ganz auf ihr Puzzle konzentriert.

„Ein Dreier mit großer Ausbuchtung unten“, murmelt sie und durchsucht die hellblauen Teile für ihren Südseehimmel. „Das müsste es sein! Ne, doch nicht ...“

„He, Conny! Ich weiß was, was du nicht weißt“, versucht Leonie, ihre Aufmerksamkeit zu erringen.

„Was denn?“, kommt es ziemlich desinteressiert vom Boden. Doch als Conny die Neuigkeit über Vincent hört, ist sie wie elektrisiert und das Puzzle für den Moment vergessen.

„Echt? Und es ist sicher, dass die beiden es nicht noch mal miteinander versuchen?“

„Nö, laut Jenny ist das Thema durch“, meint Leonie.

Jetzt ist auch bei Vanessa das Interesse geweckt. Sie lässt ihr Glanzmagazin sinken und fixiert uns mit ihren blauen Augen. Aber sonderlich freundlich ist ihr Blick nicht. Nessie, das Ungeheuer, passt als Spitzname wirklich gut!

„Vincent ist solo?“, fragt sie gedehnt.

„Wieso interessiert dich das? Dir war Vincent doch immer egal“, mischt sich Ann-Kathrin ein.

„So kann man das nicht sagen.“ Vanessa rekelt sich in ihrer Sofaecke und wirkt wie eine Raubkatze kurz vor dem Sprung. „Ich betrachte es mehr als Herausforderung, wenn ihr versteht, was ich meine.“

„Wir verstehen dich durchaus.“ Conny erhebt sich und streckt die verkrampften Beine. „Du musst immer beweisen, dass du alles kriegen kannst, was?!“

Vanessa zuckt lässig die Achseln. „Na und? Ich wette mit euch, dass ich es schaffe, ein Date mit Vincent zu bekommen, und zwar innerhalb eines Monats!“

„Das finde ich ekelhaft!“, empört sich Conny. „Das ist widerlich, unmoralisch und –“

„Mensch, entspann dich“, unterbricht Vanessa sie völlig gelassen. „Brauchst dich gar nicht so als Moralapostel aufzuspielen, ich brech’ ja nicht sein Herz!“

Conny tut mir leid: Dass ausgerechnet sie mit Vanessa in einem Zimmer wohnen muss, ist schon hart. Conny ist eine so ehrliche Haut, sie nimmt stets Rücksicht auf andere, denkt von allen nur das Beste, und dann Vanessa mit ihrer Oberflächlichkeit und ihrem Egoismus! Zwei größere Gegensätze könnte es gar nicht geben, schade, dass Connys Verhalten nicht auf ihre Zimmergenossin abfärbt! Wahrscheinlich betet Conny sogar für Vanessa, denn sie nimmt das, was in der Bibel steht, wirklich ernst: „Liebe deinen Nächsten wie dich selbst.“ Durch Conny bin auch ich dazu gekommen, mich mit der Bibel zu beschäftigen, obwohl ich alles Christliche am Anfang total abgelehnt habe und sogar geleugnet hatte, dass es überhaupt einen liebevollen Gott gibt. Inzwischen denke ich ganz anders darüber. Ich glaube sogar an Wunder, denn ohne Gottes Eingreifen wäre mein Vater, der als Kapitän zur See fährt, kurz vor Weihnachten im eiskalten Atlantik ertrunken und ich wäre Vollwaise geworden.

Die Tür zum Wohnraum wird aufgerissen und Isabell – Isa – stürmt herein. Sie stemmt die Hände in die Hüften und blafft uns an: „Wer von euch hat in der Küche so einen Saustall hinterlassen? Überall liegen Orangenschalen herum, der Saft ist auf der Arbeitsplatte verkleckert und die Saftpresse ist völlig verkrustet! Falls ihr glaubt, dass ich das wegputze, nur weil ich heute Tischdienst habe, habt ihr euch schwer geschnitten!“

„Das kann doch auch jemand von unten gewesen sein“, meint Maja, als sich keine von uns schuldig bekennt.

„Eben nicht! Bis auf Jenny sind alle nach dem Mittagessen zum Schlittschuhlaufen gegangen, und da war die Küche noch in Ordnung! Und Jenny schwört Stein und Bein, dass sie sich keine Orangen ausgepresst hat!“

Im Erdgeschoss vom Haus „Linde“ wohnen die acht Mädchen der zehnten Klasse, die ihren eigenen Wasch- und Gruppenraum haben. Nur die Wohnküche mit den zwei Esstischen teilen wir uns fürs Frühstück und Abendbrot. Das Mittagessen wird von allen Internatsschülern gemeinsam im großen Speisesaal in der „Alten Scheune“ eingenommen.

„Und was ist mit Lissy?“, wirft Ann-Kathrin ein.

Elisabeth, kurz Lissy genannt, ist Isabells Zimmergenossin, und somit die Achte im Bunde.

„Die habe ich doch schon gefragt: Sie war's nicht! Also?“

Isabell lässt nicht locker. Wie eine Rachegöttin steht sie da. Sie ist die zweite Schönheit in unserer WG, im Gegensatz zu Vanessa aber dunkelhaarig und längst nicht so ein Biest. Ihre Empörung kann ich verstehen. Es ist ein ungeschriebenes Gesetz, dass man die Küche sauber hält, alles schmutzige Geschirr in die Spülmaschine stellt und nirgendwo Abfall herumliegen lässt.

Keiner sagt etwas. Natürlich hat Isabell die Möglichkeit, sich an Frau Mayer zu wenden, unsere Hausmutter. Aber das tun wir nur in Notfällen, normalerweise machen wir so etwas unter uns ab.

Maja hebt abwehrend die Hände: „Ich war heute Nachmittag gar nicht mehr in der Küche! Ich sitze hier mit Ann-Kathrin mindestens schon eine Stunde, und für Kati lege ich meine Hand ins Feuer.“

Leonie und ich sind ebenfalls nicht verantwortlich

für die Schweinerei in der Küche, bleiben nur Conny und Vanessa, und Constanze würde sich niemals so unsozial verhalten.

„Was guckt ihr mich alle so an?" Vanessa sieht nicht so aus, als ob sie zugeben würde, dass sie sich den Vitamin-Drink zubereitet hat. Und beweisen können wir es nicht.

„Mann!", explodiert Conny. „Ihr habt sie ja nicht alle! So ein bisschen Dreck ist doch nicht die Welt, das putze ich innerhalb von fünf Minuten weg – auch wenn ich ihn nicht verursacht habe!" Und schon ist sie auf dem Weg zur Tür.

„Um den Aufwand geht's doch gar nicht, es geht ums Prinzip!", ruft Isabell hinter ihr her, womit sie natürlich recht hat. Conny drängelt sich an Lissy vorbei, die in diesem Moment den Gruppenraum betritt, ohne etwas zu erwidern. Lissy hat wunderschöne Augen und glänzende, glatte rotbraune Haare, aber leider ein langes Pferdegesicht. Sie wendet sich mehr an Isa als an uns alle: „Der Abfluss der Dusche ist total verstopft, das Wasser läuft überhaupt nicht mehr ab."

„Ha!", schreit Isa und zeigt mit ausgestrecktem Arm auf Vanessa: „Du hast dir heute Vormittag die Haare gewaschen!"

„Ja, und? Da bin ich sicher nicht die Einzige", kontert die.

„Das wollen wir doch mal sehen!" Isabell stürzt an Lissy vorbei in den Waschraum und ist in null Komma nichts wieder da. Mit spitzen Fingern hält sie Vanessa ein, zwei Haare entgegen: „Die klebten an den Fliesen in der Dusche: eindeutig lange Haare, b l o n d e lange Haare!" Außer Vanessa sind nur Maja und Conny blond, aber beide haben Kurzhaarfrisuren: Maja glatt und Conny lockig. Leonies und meine Haarfarbe ist mittelbraun, wobei Leonies Farbton ein wenig heller ist als meiner. „Und die Haare im Abfluss sehen genauso aus wie diese hier!“

Angesichts dieses einschlägigen Beweises bleibt Vanessa nichts anderes übrig, als sich in den Waschraum zu begeben und den Abfluss der Dusche zu reinigen. Isabell wischt sich die Hand an der Jeans ab. „Und ich bin sicher, dass sie auch die Küche versaut hat!“

„Wahrscheinlich“, meint Maja und wendet sich wieder ihrem Psychotest zu. „Und jetzt deine Lieblingsfarbe, Ann-Kathrin! Meine ist Blau.“

Ann-Kathrin entscheidet sich für Grün, und ich überlege, was ich geantwortet hätte. *Wäre ich gern ein Hund oder lieber ein Vogel? Vielleicht auch ein Delfin, die sind gesellig und intelligent – aber immer im Wasser sein? Ich weiß nicht recht. Also doch besser ein Hund. Und meine Lieblingsfarbe? Das hängt doch sehr von den Umständen ab: Bei Kleidung würde ich etwas ganz anderes antworten als beispielsweise bei der Wandfarbe meines Zimmers.*

Conny ist inzwischen wieder da und widmet sich erneut ihrem Puzzle. Vanessa hat sich nicht mehr blicken lassen, sicherlich wäre sie am liebsten ein Panther, Tiger oder Löwe.

„Hör zu, hier kommt die Auswertung. Für ‚Katze‘ heißt es: ‚Sie sind anschmiegsam, und Zärtlichkeit ist Ihnen wichtig. Sie erwarten von Ihrem Partner Zuwendung und Streicheleinheiten, wollen sich aber auch Ihre Unabhängigkeit bewahren.“

„Was steht denn bei ‚Hund?‘“, will ich wissen.

„Hund: Eine enge Partnerschaft, die auf Vertrauen basiert, ist Ihr Ideal. Dabei ordnen Sie sich gern unter und lassen Ihren Partner den Ton angeben“, liest Maja vor.

Ordne ich mich gern unter? Ne, ich denke eher nicht. Höchstens Gott – „Dein Wille geschehe“, und selbst das fällt mir oft schwer genug.

Wer sich bei der Frage nach der Lieblingsfarbe für „Grün“ entschieden hat, gilt als naturverbunden, „Blau“ steht für Weite, das heißt, man braucht seine Freiheit, und „Rot“ bedeutet natürlich Leidenschaft. Ich finde das Ganze nicht sehr aufschlussreich und frage Leonie, ob wir Karten spielen wollen. Zu Mau-Mau hat sie keine Lust, sie schlägt „Doppelkopf“ vor, ein Kartenspiel zu viert, bei dem sich immer erst beim Ausspielen der Karten herausstellt, mit wem man zusammenspielt.

„Isabell, Lissy – macht ihr mit?“

Ich mische und gebe, und los geht's. Isa sticht schon bald mit ihrer Kreuz-Dame, damit ist klar, dass sie in diesem Spiel nicht meine Partnerin ist.

„Mensch, Isa, wenn ich ordentlich zubuttere, muss dir doch klar sein, dass ich die zweite Kreuzdame habe“, schimpft Lissy.

„Sorry, tut mir leid.“ Isabell hat das Spiel erst von uns gelernt und immer noch einige Schwierigkeiten, die Strategie zu durchschauen.

Leonie und ich haben dieses Spiel verloren, was Lissys gute Laune wiederherstellt, aber wir haben immerhin mit meinem Kreuz-Buben im letzten Stich einen Sonderpunkt für „Karlchen“ geholt. Wir spielen mehrere Runden mit wechselnden Ergebnissen, bis es anfängt, dämmrig zu werden.

„Macht mal einer das Licht an?“, bittet Conny, die noch immer vor ihrem Puzzle hockt.

„Hast du noch nicht genug? Du sitzt doch schon seit Stunden daran!“

„Ich hab auch ein ordentliches Stück geschafft“, meint Conny zufrieden und angelt sich die Fernsehzeitschrift vom Couchtisch. „Was gibt es denn heute Abend im Fernsehen?“

„DSDS!“, rufen wir im Chor, was die gängige Abkürzung ist für „Deutschland sucht den Superstar“.

„Du meine Güte – ich dachte, diese blöde Casting-Show wäre endlich zu Ende!“

„Die ist überhaupt nicht blöde“, erklärt Ann-Kathrin mit Nachdruck. „Das sind echt tolle Typen, die wirklich singen können!“ Wir fiebern jeden Samstag mit, wenn die vorwiegend männlichen Kandidaten ihren Auftritt haben, und drücken unserem jeweiligen Favoriten die Daumen, dass er es eine Runde weiter schafft. Vanessa äußert sich jedes Mal abfällig über die Sänger, schaut aber trotzdem zu. Die Einzige, die den Motto-Shows nichts abgewinnen kann und sich lieber auf ihr Zimmer zurückzieht, ist Conny.

„Ich würde viel lieber den Film mit Jack Nicholson auf SAT 1 sehen“, seufzt sie, weiß aber, dass sie gegen unsere Übermacht keine Chance hat. Schließlich geht es demokratisch zu in unserer WG. Vieles wird abgestimmt, und die Mehrheit hat das Sagen.

Leider können wir die Ergebnisse des Telefon-Votings bei DSDS nicht live miterleben, weil die erst kurz vor Mitternacht feststehen, und am Samstagabend heißt es für die Mittelstufe, um elf auf dem Zimmer zu sein. Das ist keine Demokratie, sondern Internatsregel. Pech. Immerhin können wir die Entscheidung per Videorecorder aufnehmen und sie uns im Laufe des Sonntags ansehen. Und wehe, einer verrät vorab, wie es ausgegangen ist!

Ein einziges Mal hat Vanessa es gewagt, den Namen des ausgeschiedenen Kandidaten beim Mittagessen zu nennen, obwohl wir anderen noch keine Zeit gehabt hatten, das Video anzuschauen. Ich weiß nicht mehr, weshalb die anderen es noch nicht gesehen hatten, ich jedenfalls war mit Conny im Gottesdienst in Priessdorf gewesen. Conny konnte es natürlich egal sein, aber sie verstand, weshalb wir alle so sauer waren auf Ness, die uns absichtlich den Spass verdorben hatte, und machte bei der allgemeinen Strafaktion aus Solidarität mit. Die bestand darin, dass keiner von uns auch nur ein einziges Wort mit Vanessa wechselte, und das haben wir praktisch eine ganze Woche durchgehalten, bis zur nächsten „DSDS"-Sendung. Frau Mayer war das natürlich bei unseren gemeinsamen Mahlzeiten aufgefallen, aber als sie hörte, warum wir uns so verhielten, akzeptierte sie es. So hatte Vanessa gelernt, dass wir uns nicht alles gefallen lassen.

2. Wetten, dass ...?

Am Sonntag ziehen Conny und ich uns warm an und machen uns auf den Weg zur Bushaltestelle. Wir wollen nach Priessdorf, in den Gottesdienst der Marien-Kirche. Nachdem ich in den Herbstferien einmal mitgegangen war und es mir gefallen hatte, habe ich Conny fast immer begleitet. Das liegt nicht zuletzt an den Predigten von Pastor Demeer. Wenn er predigt, dann kann man etwas damit im Alltag anfangen, nicht so theoretisches Zeug, von dem man nur die Hälfte versteht.

Heute allerdings spricht er über den Sinn der Taufe, was mich nicht so interessiert.

„Die Taufe dient dazu, die Sünden des alten Lebens ‚abzuwaschen' und ein neues Leben mit Gott zu beginnen", erklärt er den Sinn einer Taufe. „Erwachsene lassen sich taufen, weil sie entschieden haben, als neuer Mensch mit Gott zu leben. Und dies wollen sie dann auch vor der Gemeinde bekunden. Selbst Jesus hat sich taufen lassen: Daran sehen wir, wie wichtig dieser symbolische Akt der Wiedergeburt ist."

Darüber habe ich noch nie nachgedacht. Aber wenn ich mich bewusst für ein Leben mit Gott entschieden habe – sollte ich mich dann nicht taufen lassen?

„Jesus hat aber auch Kinder gesegnet und ausdrücklich gesagt: ‚Lasset die Kindlein zu mir kommen'", fährt Pastor Demeer fort. „Deshalb ist es in unserem Kulturkreis üblich, auch Babys zu taufen. Weil aber Säuglinge selbst noch nichts entscheiden können, stellen wir ihnen Taufpaten zur Seite. Die sind so lange verantwortlich für die christliche Erziehung der Täuflinge, bis diese mit ihrer Konfirmation die einmal für sie getroffene Entscheidung bestätigen."

Ich habe nicht gewusst, dass das lateinische Wort „confirmare" bestätigen heißt, und die Zusammenhänge zwischen Kindertaufe und Konfirmation waren mir bis heute nicht klar. Ich bin als Baby ja nicht getauft worden, konfirmiert bin ich natürlich auch nicht. *Ich müsste mal mit Pastor Demeer über dieses Thema sprechen ...*

Im Anschluss an die Predigt werden vier Babys getauft. Alle werden namentlich genannt und bekommen einen Taufspruch mit auf den Weg, nachdem Pastor Demeer sie mit jeweils einer Handvoll Wasser aus dem Taufbecken getauft hat. Eins der Babys verschläft seine Taufe, die anderen drei brüllen wie am Spieß, als das Wasser über ihre Köpfe läuft. Ein bisschen komisch wäre es ja schon, wenn ich jetzt auch da vorn stünde und mir die nassen Haare an der Stirn kleben würden. Andererseits: Wenn man es wirklich ernst meint mit dem Glauben, sollte man über solchen Eitelkeiten stehen.

Weil der Gottesdienst heute länger gedauert hat als sonst, haben Conny und ich keine Zeit mehr, uns noch im Kirchenvorraum mit den jungen Leuten zu unterhalten, die wir hier normalerweise treffen: Daniel und David oder Dorothea und Lena. Wir winken ihnen nur kurz zu, schlängeln uns durch die freudestrahlenden Familien der Täuflinge und erwischen gerade noch den Bus, der uns zurück zum Internat bringt.

Zum Mittagessen im großen Speisesaal kommen wir genau rechtzeitig. Wir steuern auf die beiden freien Plätze neben Leonie zu, die schon fast fertig mit ihrem Essen ist. Ihr gegenüber beugt sich Philipp über seinen Teller, der selbst hier drinnen seine Strickmütze über beide Ohren gezogen hat.

„Regnet es hier irgendwo durch, oder weshalb läufst du so rum?“, fragt Conny.

„Ne, meine Haare sitzen nicht – ich hätte sie waschen müssen.“

Leonie zwinkert mir zu. „Na ja, vielleicht ganz praktisch, so ’ne Hohlraumversiegelung!“

Philipp macht auf beleidigt. „Du zweifelst doch wohl nicht meinen überragenden IQ an, den ich jeden Werktag im Unterricht unter Beweis stelle!“

„Komisch – davon hab ich noch gar nichts gemerkt. Du musst ein Meister der Verstellung sein“, frotzele ich jetzt. Die anderen um uns herum grinsen. Wir sitzen auf unseren Stammplätzen, nur Vanessa hat sich auf die andere Seite vom Mittelgang gesetzt, zwei Tischreihen weiter. Aber das hat nichts damit zu tun, dass sie Isabell nach der Kontroverse gestern aus dem Weg gehen will. Vanessa hat doch tatsächlich die Unverfrorenheit besessen, sich bei den Schülern des Vorsemesters einen Platz zu suchen – schräg gegenüber von Vincent!

Ich stoße Conny mit dem Ellenbogen an. „Na, die verliert wirklich keine Zeit! Schau dir Ness an, wie sie Vincent schöne Augen macht!“

Da kommt mir ein schrecklicher Gedanke: Vielleicht will Vanessa jetzt eine ihrer beiden Arbeitsgemeinschaften wechseln und taucht bei uns im Theaterkurs auf, wo Vincent der unbestrittene Star ist! Das hätte gerade noch gefehlt!

Ich teile Conny meine Befürchtung mit. „Das kann sie nicht so einfach“, meint die. Zwar bin ich etwas später in den Kurs gerutscht, aber nur, weil ein Platz frei geworden war. Allerdings führen wir in diesem Halbjahr kein weiteres Theaterstück auf, sondern üben uns in Pantomime und spielen Sketche, die wir selbst entwickeln. Da kommt es auf einen mehr oder weniger nicht an ...

„Ach, Hannah, du kennst doch Ness! Sie will bestimmt nicht stundenlang an Texten arbeiten, bis die Pointe sitzt – das ist ihr viel zu mühsam! Ihr geht es bloß darum, die Wette zu gewinnen."

„Welche Wette?", will Isabell wissen.

„Dass sie es innerhalb eines Monats schafft, sich mit Vincent zu verabreden."

„Das kriegt sie hin", meint Lissy. „Spätestens beim Internatsfasching!"

In knapp drei Wochen findet das alljährliche große Faschingsfest auf dem „Eichenhof" statt. Für mich ist es das erste Mal, und ich grübele schon eine ganze Weile, als was ich mich verkleiden könnte. Auch die anderen haben sich noch nicht endgültig entschieden.

Isabell hat mir erzählt, dass sie letztes Jahr als Cleopatra verkleidet war, in einem weißen langen Kleid, das sie mit Goldborte am Ausschnitt und unterem Rand verziert hatte. Aber es gilt als uncool, zweimal hintereinander das gleiche Kostüm zu tragen. Deshalb sitzen wir am Nachmittag im Gruppenwohnraum und diskutieren die verschiedenen Möglichkeiten.

„Du könntest doch als Zigeunerin gehen", schlage ich Isabell vor, doch die schüttelt den Kopf.

„Das war ich auch schon mal, vor zwei Jahren."

„Ich weiß was", meldet sich Conny zu Wort und grinst. „Isa geht als Schneewittchen und wir anderen als die sieben Zwerge! Damit hätten wir als Gruppe bestimmt einen durchschlagenden Erfolg!"

Vanessa tippt sich an die Stirn. „Ich als einer der sieben Zwerge – du hast sie ja nicht alle! Ich ziehe was an, wo meine Figur zur Geltung kommt. Wetten, dass allen Jungs die Augen aus dem Kopf fallen?!“

Das ist mal wieder typisch Ness! Völlig humorlos und nur auf ihre Wirkung bedacht.

Maja sieht ganz unglücklich aus, mit ihrer Figur wird es schwierig, eine gute Verkleidung zu finden. „Ich mach nicht mit“, sagt sie entschlossen. „Das Ganze macht mir sowieso keinen Spaß.“

„Du willst hier doch nicht allein hocken, während wir anderen in der Sporthalle feiern?! Kommt überhaupt nicht in Frage!“, erklärt Leonie resolut.

„Als was bist du denn letztes Jahr gegangen?“, will ich wissen.

„Als Fledermaus.“

Aha, zeltartiges schwarzes Oberteil, alles klar.

„Du kannst dir doch diesmal was in Orange anziehen und als Apfelsine gehen“, schlägt Vanessa vor, ohne mit der Wimper zu zucken. „Oder falls dir das zu simpel ist: Nimm ein langes, weites T-Shirt im Glitzerlook – dann bist du die perfekte Disco-Kugel!“

„Du bist so gemein!“ Maja ist jetzt den Tränen nahe.

„Und du könntest als blöde Kuh gehen!“, schnauzt Conny Vanessa an. „Dazu brauchst du noch nicht mal ein Kostüm.“ Dann legt sie Maja den Arm um die Schultern. „Komm, Maja, du musst es realistisch sehen: Du hast nun mal eine rundliche Figur und wirst es kaum schaffen, dich in den nächsten zwei Wochen schlank zu hungern. Also suchen wir was für dich, was zeigt, dass du Humor hast. Ich hab da auch schon eine Idee!“ Mehr will sie nicht verraten.

Leonie hat beschlossen, als Punklady zu gehen: Sie zerschneidet ein altes schwarzes T-Shirt und heftet die einzelnen Teile mit riesigen Sicherheitsnadeln wieder aneinander. Die schwarze Leggings, die sie dazu tragen will, hat sowieso schon ein Loch.

„Und dann töne ich mir eine blaue oder grüne Strähne ins Haar, toupiere alles ganz wild und umrande die Augen dick mit Kajal – das sieht bestimmt cool aus!"

Lissy will als Pippi Langstrumpf gehen, ihre rotbraunen langen Haare zu Zöpfen flechten und sich Sommersprossen ins Gesicht malen.

„Dann sehe ich lustig aus", sagt sie mit einem Seitenblick zu Maja. „Man muss nicht immer schön sein!" Das gilt Vanessa.

Und als was gehe ich? Bestimmt nicht als Balletttänzerin im kurzen Tüllröckchen, als Prinzessin oder Engel – die typischen Verkleidungen kleiner Mädchen. Und richtig hässlich will ich mich auch nicht machen. Da fällt mir das Kleid ein, das Papa mir letzten Sommer auf Föhr gekauft und das ich noch nie getragen habe: ein meergrünes Trägerkleid aus Trikotstoff, das viel von meinen Beinen zeigt. Das wäre doch genau das Richtige! Ich muss es mir nur herschicken lassen.

Plötzlich weiß ich, als was ich mich verkleide: als Nixe! Sicher kann man mit wasserfestem Edding große Fischschuppen auf den Stoff malen, dann brauche ich nur noch einen Nixenschwanz, den ich hinten ans Kleid hefte.

„Sagt mal: Yvonne ist doch im Nähkurs, oder? Ob sie mir hilft, was zu nähen?"

„Frag sie einfach. Mehr als nein sagen kann sie nicht. Und meistens ist sie doch ganz nett. Was soll sie dir denn nähen?", fragt Conny neugierig.

„Sag ich nicht! Lasst euch überraschen."

Daraufhin wollen auch die anderen nichts mehr preisgeben.

* * *

Alles läuft prima: Yvonne ist nicht nur bereit, meinen Fischschwanz zuzuschneidern, wenn ich ihr den Stoff bringe, sondern sie berät mich auch fachmännisch: „Der darf nicht zu kurz sein, wenn du ihn hinten an dein Kleid nähen willst, und zu dick auspolstern darfst du ihn auch nicht. Sonst schlägt er dir beim Tanzen immer wie ein Sack gegen die Beine."

„Aber ich kann ihn doch auch nicht wie eine Schleppe hinter mir herziehen!"

„Nein, du musst ihn seitlich herumführen und an der Hüfte befestigen. Dann stört er dich nicht, wenn du dich bewegst."

Das macht Sinn.

Ein paar Tage später kommt das Kleid mit der Post, jetzt muss ich nur einen farblich passenden Stoff im „Stoffladen" in Celle besorgen. Dort entdecke ich tatsächlich einen dünnen Ballen, der fast das gleiche Grün hat wie das Kleid. Es sind gerade noch zweieinhalb Meter drauf, die ich zum halben Preis als Rest bekomme. Volltreffer!

In einem Souvenirshop erstehe ich noch ein Glas mit Muscheln, die ich auffädeln und als Kette um den Hals tragen will, und zwei kleine Plastikfische, aus denen ich mir Ohrringe basteln werde: jeweils ein Loch hineingebohrt, einen Faden durchgezogen, und ich kann sie mir über die Ohren hängen.

Als ich auf dem „Amselzimmer" mit schwarzem Edding die Fischschuppen auf das Kleid und den Stoff für den Nixenschwanz male, habe ich ein schlechtes Gewissen: Der Stoff war billig, aber das Kleid hat Papa eine ordentliche Stange Geld gekostet. Es ist klar, dass ich es nie mehr tragen kann, wenn ich es jetzt zum Faschingskostüm umfunktioniere. Aber das ist nun nicht mehr zu ändern. Dann marschiere ich nach unten, damit Yvonne es mit in ihren Nähkurs nimmt.

Überall auf den Zimmern herrscht geschäftiges Treiben, alle sind mit ihrer Kostümierung beschäftigt, nachdem der Unterricht und die „betreuten Hausaufgaben" absolviert wurden. Es ist nur noch eine gute Woche bis zum Faschingssamstag, an dem in unserer Sporthalle gefeiert wird.

Am Sonntag davor fühlt Conny sich nicht wohl, sie hat Halsschmerzen, Kopfweh und erhöhte Temperatur.

„Ich bleib heute lieber im Bett."

Also fahre ich allein in die Marien-Kirche. Das heißt, es sind noch ein paar Internatsschüler im Bus, auch Simon, der in die Oberstufe geht. An der Garderobe der Kirche schält er sich direkt neben mir aus seinem Anorak. Im Kirchensaal während des Gottesdienstes sitzt er immer für sich, eine Reihe vor den anderen jungen Leuten und nicht links wie wir, sondern rechts. Er tut mir ein bisschen leid, und ich beschließe spontan, ihn anzusprechen.

„Hallo, letzten Sonntag habe ich dich gar nicht gesehen!" Das ist ein unverfänglicher Gesprächsanfang. „Warst du krank?"

„Nein, ich war das Wochenende zu Hause", antwortet Simon, der den Spitznamen „Professor" trägt. So nennt man ihn, weil er in der Grundschule eine Klasse übersprungen hat.

„Und wo ist das? Ich meine: Woher kommst du?"

„Aus Hamburg."

„Hamburg! Da bin ich auch zu Hause. In welchem Stadtteil wohnt denn deine Familie?"

„In Wellingsbüttel. Und du?"

„In Altona."

Altona liegt in Hafennähe und hat viele Etagenwohnungen, Wellingsbüttel dagegen ist ein Stadtteil im Nordosten der Stadt, wo hauptsächlich Wohlhabende in schönen Einzelhäusern und teilweise sogar sehr noblen Villen wohnen. Also ist der Professor wohl ein Sohn reicher Eltern, genau wie Didi, Isabells Freund ... Didi, mit vollem Namen Dietrich von Hohenstein, ist eine richtig gute Partie.

„Was macht denn dein Vater so?"

„Er ist – er hat – er ist Unternehmer", sagt Simon und macht ein so abweisendes Gesicht, dass ich nicht weiter zu fragen wage.

„Meiner ist Kapitän. Ich heiße übrigens Hannah."

„Simon."

Das weiß ich schon, hätte ich um ein Haar gesagt, kann es mir aber gerade noch verkneifen. Allmählich gehen mir die Gesprächsthemen aus, denn von dem ach so intelligenten Simon kommt gar nichts. Er macht aber auch keine Anstalten, in den Gottesdienst zu gehen, sondern putzt umständlich die Gläser seiner Brille. Hier stehen wir also vor den ganzen Mänteln und Jacken und ich zermartere mir das Hirn, was ich noch sagen könnte.

„Also, letzten Sonntag war ein Taufgottesdienst", nehme ich Zuflucht zu einem unverfänglichen Thema. „Ich hatte mir bisher noch nie Gedanken über eine Taufe gemacht."

„Ich schon", sagt da Simon. „Ich will mich taufen lassen, beim nächsten Mal."

„Ach! Bist du denn nicht als Baby getauft worden?"

„Ne! Mein Vater hat nichts mit Christsein am Hut, und meine Mutter – na ja, sie hat eigentlich keine eigene Meinung und tut, was der Alte sagt."

Dass wir nicht getauft sind, ist noch eine Gemeinsamkeit zwischen uns beiden, abgesehen von der gleichen Heimatstadt. Aber wie Simon von seinem Vater spricht, gefällt mir nicht – es klingt respektlos. Wahrscheinlich haben sie kein besonders gutes Verhältnis zueinander.

„Wir sollten jetzt reingehen, der Gottesdienst fängt gleich an", sagt Simon und scheint es für selbstverständlich zu halten, dass ich heute neben ihm sitze. Hmm, was sich Daniel, David und die anderen wohl denken? Ich werfe einen Blick über die Schulter, ziehe die Augenbrauen hoch und zucke mit den Achseln, so, als wolle ich sagen: Ich weiß auch nicht so recht, wie es zu diesem Sitzplatzwechsel gekommen ist.

Na ja, nächste Woche bin ich wieder mit Conny da, dann sitzen wir sowieso wieder mit der üblichen Clique zusammen, und Simon kann sich entweder zu uns setzen oder es bleiben lassen. Fast bereue ich es, dass ich ihn angesprochen habe, nur weil ich nett sein wollte.

Logischerweise fährt Simon im gleichen Bus mit mir zum „Eichenhof" zurück, nur dass er sich diesmal auf den Platz neben mich schwingt. Dagegen ist nichts einzuwenden, aber dass er die ganze Fahrt über schweigt, finde ich schon ziemlich nervig. Ich habe keine Lust, den Alleinunterhalter zu spielen, also schweige ich ebenfalls.

* * *

„Puh, man sollte den Kerl in ‚den großen Schweiger' umtaufen", teile ich Conny mit, als ich sie in ihrem Zimmer besuche und von Simon und dem Gottesdienst berichte. „Wie geht's dir denn, du krankes Huhn?"

„Nicht besonders. Aber Hauptsache, ich bin nächsten Samstag wieder fit, wenn die große Faschingsfete steigt!"

„Wetten, dass Vanessa es spätestens da schafft, Vincent rumzukriegen?", seufze ich. Ich habe sie einmal überrascht, als sie in ihrem Kostüm aus dem Bad kam, und sie sah wirklich atemberaubend aus: ein enges figurbetontes Glitzerkleid aus Silberlamée mit einem langen Schlitz an der Seite, dazu hochhackige Pumps, Netzstrümpfe und ein durchbrochenes Stirnband im blonden Haar, in der Rechten eine Zigarettenspitze, wie man sie aus Filmen der zwanziger Jahre kennt, und ein perfektes Make-up mit langen Wimpern. Vanessa, der Vamp – welcher Mann kann da schon widerstehen?

„Abwarten", meint Conny und schnieft. „Vincent ist nicht blöd, der hat sie bestimmt durchschaut!"

Ach, Vincent ...

Im Theaterkurs gibt es eine Szene, in der nur wir beide auftreten. Wir sind komplett schwarz gekleidet, mit weißen Händen und weißgeschminkten Gesichtern. Vor einem schwarzen Vorhang sieht es dann so aus, als würden vier Hände und zwei Köpfe in der Luft schweben und völlig losgelöst ein stummes Gespräch führen. Die Szene ist zwar unheimlich witzig, aber leider total unromantisch: Wir berühren uns nicht ein einziges Mal während dieser Pantomime. Wie soll man sich da denn im wahrsten Sinne des Wortes näher kommen?

3. Ein voller Erfolg

Es sieht so aus, als ob Conny sich irrt und Vanessa ihre Wette nicht erst beim Faschingsfest, sondern schon am 14. Februar gewinnt, dem Valentinstag. In der großen Pause präsentiert sie uns nicht nur eine, sondern gleich fünf Valentinskarten, die sie triumphierend vor sich auffächert. „Und hier", sagt sie und zieht mit der linken Hand die mittlere Karte heraus, „ist ein sehnsuchtsvoller Gruß von dem süßen Vincent!"

Auf der Vorderseite sind zwei ineinander verschlungene Herzen abgebildet, darunter steht: „Alles Liebe zum Valentinstag." Klappt man die Karte auf, findet sich innen ein gedruckter Text von Sehnsucht, Liebe und Mondenschein – furchtbar kitschig! – und handschriftlich daneben:

„Ich würde mich gern mit Dir treffen – heute Abend an der Kirche von Hemmlingen, 19.30 Uhr." Und ein großes, nicht zu übersehendes geschnörkeltes V.

„Das kann unmöglich von Vincent sein", behaupte ich sofort. „So einen Schwachsinn würde der nie verzapfen!"

„Ach, und wer sollte das dann geschrieben haben, deiner Meinung nach, liebe Hannah? Wessen Vorname fängt denn noch mit ‚V' an?"

Mir fällt leider niemand ein: Nils, Sören, Alexander, Didi, Clemens, Simon – kein weiteres „V" dabei.

„Und wenn dich jemand auf den Arm nimmt? Jemand, der mitgekriegt hat, dass du dich an Vincent ranmachen willst?"

Vanessa wirft mir aus schmalen Augen einen unfreundlichen Blick zu und schiebt die langen blonden Haare hinter die Ohren. „Das werden wir ja sehen! Meinetwegen könnt ihr zugucken, wie wir uns treffen. Von weitem! Aber dann lasst ihr uns in Ruhe!"

Was die beiden Mitte Februar wohl an ihrem Treffpunkt machen wollen? Auf den Friedhof gehen und sich zwischen den Grabsteinen küssen? Die Kirche ist mit Sicherheit abgeschlossen, und sonst gibt es nicht viel, was man in Hemmlingen machen könnte. Hemmlingen ist ein Dorf, einige Minuten vom „Eichenhof" entfernt. Es besteht aus wenigen Häusern, dem „Gasthof Reichelt", einer Tankstelle, einem Bäcker, einem Frisörsalon und der Haltestelle für den Bus, der weiter nach Priessdorf und dann nach Celle fährt. Ein Stückchen die Straße runter gibt es noch einen Getränkemarkt. Die Geschäfte sind um 19.30 Uhr natürlich alle geschlossen. Vielleicht gehen sie in den Gasthof? Nicht gerade sehr romantisch mit seinen Holztischen und den Wachstuchtischdecken darauf, der Theke mit dem Zapfhahn für Bier und den lauten, etwas ungehobelten Hemmlinger Männern, die hier ihren Feierabend verbringen. Ich war mal kurz in der Gaststube, als Papa dort in einem der sechs Gästezimmer logiert hat.

* * *

„Fünf Valentinskarten! Vielleicht hat sie die eine oder andere selbst geschrieben?", vermutet Leonie. „Um damit anzugeben!"

Sie hat zwei Valentinskarten bekommen, eine davon ist mit Sicherheit von Philipp. Auch ich habe zwei Karten bekommen. *Wer mir die wohl geschrieben hat?*

Sie enthalten nicht den kleinsten Hinweis auf die Urheber. Eine lag heute Morgen auf meinem Platz in der Klasse, sie stammt wahrscheinlich von einem meiner Mitschüler – Jonas vielleicht? Er hat dauernd zu mir rübergeschaut. Oder etwa Matze? Matthias ist ein guter Kumpel, aber leider niemand zum Verlieben. Die zweite hing heute Morgen an der Tür vom „Lindenhaus“, in einem weißen Umschlag mit der Aufschrift „Für Hannah“ und könnte von jedem auf dem „Eichenhof“ sein. Ein großes Rätsel. Auch die meisten anderen Mädchen haben ein oder zwei Karten, manche sogar drei bekommen. Es scheint eine Art Sport zu sein, Valentinskarten zu verschenken. Nur die arme Maja hat keine einzige. Conny und ich haben lange beraten, ob wir ihr eine schreiben sollten, damit sie sich freut. Aber das wäre irgendwie link, fast so was wie Vortäuschen falscher Tatsachen, wenn die Karte von ihren Freundinnen kommt und nicht von einem Jungen, der angeblich für sie schwärmt. Also haben wir uns dagegen entschieden.

Ich würde gern einmal wissen, wie viele Karten Vincent bekommen hat – Leonie hat ihm und Sören jeweils eine zukommen lassen, klar. Ich habe auch eine für Vincent gekauft, sie aber dann doch nicht verwendet. *Eigentlich ist das Ganze albern.*

Nur Vanessas privater Feldzug, Vincent zu erobern, aus dem sie sich gar nichts macht, darf man nicht auf die leichte Schulter nehmen. Ob er wirklich angebissen hat? Und was wäre, wenn man ihm anonym mitteilte, dass Vanessa es gar nicht ernst meint, dass es nur um eine Wette geht?

„Abwarten“, sagt Conny, die ihre Erkältung überwunden hat und seit heute wieder zur Schule geht. Ihre Valentinskarte stammt höchstwahrscheinlich von den Zwillingen in unserer Klasse: Benedikt und Bertram, kurz Benny und Berti. Ich habe gestern zufällig beobachtet, wie sie die Köpfe über haargenau so einer Karte zusammensteckten, bevor Berti sie schnell unter sein Heft schob. Die beiden sind nicht gerade der Traum meiner schlaflosen Nächte, aber Conny freut sich trotzdem, als ich ihr meine Vermutung mitteile. Sie mag die Zwillinge mit ihrer ruhigen, bedächtigen Art, auch wenn sie natürlich nicht an Vincent heranreichen. Womit wir wieder beim Thema wären!

Nach dem Abendbrot machen wir uns auf den Weg nach Hemmlingen. Wir – das ist die gesamte Wohngruppe außer Isabell, die sich mit Didi im Haus „Kastanie“ trifft. Wir postieren uns unauffällig an der Ecke der Bäckerei, von wo aus man hinübersehen kann zur Dorfkirche. Man hat nicht nur das Kirchenportal im Blickfeld, sondern auch einen Teil des angrenzenden Friedhofes.

Fünf Minuten vergehen, dann stiefelt jemand aus Richtung des „Eichenhofes“ die Landstraße herauf, und wir ziehen uns noch ein wenig weiter in die kleine Seitenstraße zurück.

„Das ist Vincent!“, wispert Conny.

„Tatsächlich! Und wo steckt Vanessa?“

Kaum hat Leonie das gefragt, taucht die an der Hintertür des Gasthofes auf. Vielleicht hat sie drinnen gewartet, bis sie Vincent kommen sah?

Die beiden stehen sich jetzt gegenüber, verschwinden dann hinter den Grabsteinen.

„Los, hinterher!“, kommandiert Leonie. Maja ist dagegen: „Ne, lieber nicht! Wenn Ness das mitkriegt, reißt sie uns nachher den Kopf ab!“

Doch bevor wir sechs uns entschieden haben, wie wir weiter vorgehen wollen, sind die beiden schon wieder oben auf der Straße, gerade als der Bus nach Celle kommt. Uns bleibt der Mund offen stehen, als wir sehen, wie sie schnell einsteigen, Vanessa vorneweg, Vincent hinterher.

„Wo wollen die denn jetzt noch hin? Etwa nach Celle?"

„Vielleicht auch nur nach Priessdorf", meint Lissy. „Dort gibt es ein paar ganz nette Lokale, netter als der ‚Gasthof Reichelt'."

Priessdorf ist nur dem Namen nach ein Dorf, es ist größer als Hemmlingen, hat aber auch keine Disco und kein Kino.

„Na, in zwei Stunden müssen sie jedenfalls zurück sein", meint Ann-Kathrin. Dann kontrolliert Frau Mayer, ob wir alle in unseren Zimmern sind. Und wenn nicht, gibt es Ärger. Es könnte sogar sein, dass Vanessa nicht am Faschingsfest teilnehmen darf, wenn sie die halbe Nacht wegbleibt. Die Strafen für das Nichteinhalten von Internatsregeln bestehen meist aus Hausarrest oder dem Ausschluss von besonderen Veranstaltungen.

Aber Vanessa ist Punkt viertel vor zehn wieder im Haus „Linde". Wo sie war und wie es mit Vincent gelaufen ist, will sie uns nicht sagen.

„Die Wette habe ich gewonnen", sagt sie triumphierend. „Ihr habt ja selbst gesehen, dass wir ein Date hatten!" Sie macht ein sehr zufriedenes Gesicht, wie eine Katze, die vom Rahm geschleckt hat.

„Das war wohl ein voller Erfolg", seufze ich, als Vanessa in ihrem Zimmer verschwunden ist und wir anderen uns im Waschraum fertig machen.

„Kann aber auch Show sein!" Conny mag nicht glauben, dass Vincent ernsthaft an Vanessa interessiert ist.

„Hoffentlich ist Ness jetzt nicht Vincents neue

Freundin. Er hat einfach etwas Besseres verdient", findet Leonie und spült ihre Zahnbürste aus.

„Wir werden ja am Samstag sehen, ob sie ein Paar sind", sagt Lissy, unsere zukünftige Juristin, die nur das glaubt, was sich beweisen lässt. Auf so einer Faschingsfete kriegt man natürlich bestens mit, wer in wen verliebt ist. Und vielleicht finde ich auch heraus, von wem meine beiden Valentinskarten stammen.

* * *

Der extra gebildete Karnevals-Ausschuss hat unsere Sporthalle mit Luftballons, Luftschlangen und Girlanden geschmückt. Wir drängeln uns hinein, legen Jacken und Mäntel in den Umkleidekabinen ab und stürzen uns ins Getümmel. Die Rheinländer unter den Internatsschülern brüllen „Alaaf!" und „Helau!" und werfen mit Konfetti. Die Musikanlage dröhnt, und es wird bereits um neun wild getanzt. Jetzt zeigt sich auch, wer welche Kostümierung gewählt hat. Es gibt die klassischen Verkleidungen wie Cowboy, Clown und Prinzessin, besonders bei den jüngeren Schülern. Etliche Piraten und Zigeunerinnen bevölkern die Tanzfläche – eine von ihnen ist Ann-Kathrin –, ein paar Wikinger, Stierkämpfer oder Supermänner sind neben kleinen Engeln und Teufelchen auch dabei. Lissy ist nicht die einzige Pippi Langstrumpf, ich entdecke noch zwei weitere, aber sie hat die pfiffigsten Zöpfe – wahrscheinlich mit Draht verstärkt – und hat sich getraut, ihre Ringelstrümpfe an Strumpfhaltern festzumachen.

Sonst ist auch die Horrorabteilung gut vertreten mit aufgemalten Skeletten, weißgeschminkten Gesichtern mit blutigen Striemen zu schwarzen Klamotten, Vampiren und kettenrasselnden Gespenstern. Nicht so herkömmliche Verkleidungen sind auch dabei: Matze hat sich beispielsweise als Mönch kostümiert, mit brauner Kutte und Sandalen an den Füßen. Philipp ist kurzerhand in seinem Fußballtrikot gekommen, mit Moritz in seinem Schlepptau als Fußballfan mit Vereinsschal, -kappe und -fahne, und Philipps Zimmergenosse Henning ist der Schiedsrichter im langärmeligen gelben Poloshirt, schwarzer Sporthose und Trillerpfeife, in die er immer wieder bläst, sehr zum Missfallen der direkt neben ihm Stehenden. Auch Benny und Berti haben sich als Sportler verkleidet: Sie treten als Brüder Klitschko auf, tragen aber ihre Boxhandschuhe um den Hals und nicht an den Händen, damit sie auch was essen und trinken können.

Conny ist eine sehr süße Mickey Maus, sie tanzt gerade mit Fabian, der in einem gestreiften Schlafanzug als Sträfling auftritt und immer versucht, seine Tanzpartnerinnen mit der Handschelle, die an seinem linken Handgelenk baumelt, an sich zu fesseln. Fehlt von unseren Klassenkameraden nur noch Jonas. Ich entdecke ihn schließlich am Buffet, eine perfekte Imitation von Herrn Lüders: braune Cordhosen und das typische grüne Jackett mit Lederecken an den Ellenbogen. Selbst die Haare hat er exakt so gekämmt, wie sie unser Internatsleiter trägt, mit Seitenscheitel links.

Auch die Lehrer haben sich kostümiert. Herr Wollschläger, unser Klassenlehrer, ist unschwer als Sherlock Holmes zu erkennen mit Trenchcoat, Schirmmütze und Pfeife, Frau Mayer schwebt als Elfe oder Wasserfee mit offenen Haaren und fließenden Stoffbahnen um ihn herum. Sie sieht viel jünger aus, wenn sie ihre Haare nicht zum Knoten geschlungen trägt. *Warum sie wohl nicht verheiratet ist?*

Natürlich halte ich nach Vincent Ausschau. Ist er bei Vanessa? Die tanzt in ihrem Glitzerkleid mit Wikinger Didi, was Isabell garantiert nicht gefallen wird, und nicht mit Vincent. Ist er vielleicht der Supermann mit Maske und Umhang, der Yvonne als armes Aschenputtel umgarnt? Nein. Da sehe ich ihn ein paar Meter weiter als eleganter Kavalier im blütenweißen Hemd, schwarzem Frack und Fliege. *Mann, sieht er elegant aus!* Und er würde perfekt zu Vanessa passen, rein optisch, meine ich. Mit wem tanzt er nur? Ist das Midori in einem original japanischen Kimono? Ne, das ist Isa! Eine geniale Kostümierung mit ihrem glatten schwarzen Haar, das sie mit Essstäbchen hochgesteckt hat. Die Augen hat sie mit schwarzem Kajalstift betont und seitlich in der Augenfalte einen schrägen Strich gezogen.

„He, schöne Nixe, tanzt du mit mir?", reißt mich jemand aus meinen Beobachtungen. Im ersten Moment erkenne ich ihn nicht. Dann wird mir klar, dass es sich bei dem dünnen, langen Schlaks nur um Nils handeln kann, der vor einem halben Jahr zusammen mit mir auf den „Eichenhof" gekommen ist und am Anfang stets eine gelangweilte Miene zur Schau trug. Davon kann jetzt nicht mehr die Rede sein. Seine Haare hat er mit Haargel zu hochstehenden Spitzen gezwirbelt und über jeden „Stachel" einen bunten Strohhalm geschoben. *Das ist mal 'ne Idee, so ein vielfarbiger Stachelkopf!*

Musik dröhnt aus den Gettoblastern. Die Stimmung ist super. Ich tanze mit Nils, mit Fabian, mit Matze, auch mit „Romeo" aus unserem Theaterstück, der als Bruder Tuck der zweite Mönch im Saal ist, wenn auch ohne Robin Hood. *Aber wo steckt eigent-*

lich Maja? Sie wird doch wohl nicht im Haus „Linde" geblieben sein?! Ich will mich gerade auf die Suche nach ihr begeben, da wirbelt etwas Rundes, Schwarz-Gelbes an mir vorbei: eine strahlende Maja mit Drahtfühlern auf dem Kopf, in einem schwarzgelb geringelten T-Shirt – als „Biene Maja"! Das also war Connys Idee, und sie funktioniert, wie jeder sehen kann. Humor ist auch gefragt, nicht nur Schönheit!

Immer wieder wird „Crazy tonight" gespielt, das ist der Song unserer Party, alle klatschen in die Hände, schwenken sie über dem Kopf, wackeln mit den Hintern, und die Jungen der Mittel- und Oberstufe überbieten sich gegenseitig darin, mit zurückgelegtem Oberkörper auf den Knien mehrere Meter über den Boden zu schlittern. Ausgenommen Vincent als eleganter Kavalier, und auch nicht Didi, Isabells Wikinger. Ich sehe Vanessa an der Seite eines Supermanns mit Maske, den ich nicht erkenne. Jemand aus der Oberstufe wahrscheinlich.

Und wo ist Vincent?

Da legen sich von hinten zwei Hände über meine Augen, und als ich mich umdrehe, stehe ich direkt meiner heimlichen Liebe gegenüber. Vincent strahlt mich an. „Na, amüsierst du dich gut? Ich muss schon sagen: Als Nixe hast du gute Chancen, dass dir die Männer ins Netz gehen! Komm, wir tanzen!"

Leider wird gerade jetzt der „Ententanz" gespielt, nicht gerade sehr romantisch und keine Gelegenheit zur Tuchfühlung. Danach kommt auch noch die „Polonäse Blankenese", wo wir alle in einer langen Schlange hintereinander durch die Turnhalle ziehen, die Hände immer auf den Schultern des Vordermannes. Vincent wird von mir getrennt, andere schieben sich dazwischen, irgendwann reißt die Schlange ein zweites Mal, neue Hände legen sich auf meine Schultern, keine Ahnung, wer nun hinter mir ist. Als die Polonaise endet und jetzt Salsa gespielt wird, sehe ich mich unversehens Simon gegenüber, der ungekämmte Haare hat und einen Bademantel trägt, aber keine Brille. Er zwinkert mit den Augen, was aber wohl bloß an seiner Kurzsichtigkeit liegt und nichts mit mir zu tun hat. Immerhin erkennt er mich. „Hallo, Hannah!" Ohne Vorwarnung packt er mich und wirbelt mich herum: Dabei kann ich gar nicht Salsa tanzen! Aber Simon ist ein erstaunlich guter Tänzer, und so kriegen wir es ganz ordentlich hin.

Unser Faschingsfest wird immer ausgelassener. Trotzdem bleibt alles im Rahmen, bis Herr Lüders die Preisverteilung für die gelungensten Kostüme vornimmt.

Die kreativen Verkleidungen schneiden am besten ab: Nils mit seinem Strohhalm-Stachelkopf wird Dritter bei den Jungen, den zweiten Platz belegt Jonas als Internatsleiter, Sieger wird der blonde Sören, der sich als Frau verkleidet hat, auch wenn inzwischen sein Vorbau ein wenig verrutscht ist.

Bei den Mädchen bekommt eine Punkerin den dritten Preis, die im normalen Schulalltag ganz brav aussieht, ohne jedes Metall im Gesicht. Ich selbst werde zu meiner eigenen Überraschung als Zweite nach vorn gebeten, obwohl meine Kostümierung eine Gemeinschaftsarbeit mit Yvonne war und ihr die halbe Ehre gebührt. Immerhin hatte ich die Idee für das Nixenkostüm, und der Muschelschmuck und die Fischohrringe aus Plastik sind ganz allein mein Werk. Gewinnerin ist Jenny aus der zehnten als „Blumenwiese". Sie hat Unmengen von bunten Papierblumen an ihren Gymnastikanzug genäht, sich die Haare grün gefärbt und sie steil nach oben gekämmt, dass es wirklich wie Gras aussieht. Hammermäßig!

Dann gibt es noch diverse Sonderpreise: für den blutdürstigsten Vampir, den gefährlichsten Piraten, die süßeste Maus usw. Selbst Maja bekommt einen Faschingsorden in der Kategorie „das netteste Tier", was sie erröten lässt – ob vor Freude oder Verlegenheit, lässt sich nicht genau feststellen. Und dann wird noch der Gruppenpreis verliehen, der dieses Jahr an die Mädels aus der siebten geht, die geschlossen als Cheerleaderinnen aufgetreten sind und den ganzen Abend immer wieder schrill kreischend ihre goldglänzenden Flitterpuschel geschwenkt haben. Das Fest war ein voller Erfolg! Natürlich auch, was Vincent und Vanessa betrifft – aus unserer Sicht jedenfalls: „Die haben nichts miteinander, garantiert nicht", stellt Conny befriedigt fest. „Ich habe sie nicht einmal miteinander tanzen sehen!"

Lissy hat sich zu uns gesellt und grinst über ihr ganzes sommersprossiges Gesicht. „Ich weiß sogar, wo die beiden am Valentinstag hingefahren sind! Die waren bloß in Priessdorf beim ‚Griechen' – Fabian hat sie gesehen, als er für seine Wohngruppe was zu essen geholt hat. Die beiden haben an einem Ecktisch gesessen, sich einen Grillteller geteilt und geredet. Nicht mal Händchen haben sie gehalten!"

Leonie und ich sind maßlos erleichtert, dass Vincent Ness nicht auf den Leim gegangen ist. Vielleicht hatte Leonie sogar recht und Vanessa hat die so sehnsuchtsvolle Valentinskarte selbst geschrieben und Vincent zum Essen eingeladen. Das traue ich ihr glatt zu!

Von wem meine beiden Karten stammen, habe ich heute allerdings nicht herausfinden können: Mit den meisten Jungen aus unserer Klasse habe ich getanzt, auch mit einigen aus höheren Klassen, aber mit keinem so oft oder so eng, dass man glauben könnte, da wäre jemand unsterblich in mich verliebt.

Wahrscheinlich sollte ich das Ganze nicht so hoch hängen. Wirklich glücklich wäre ich sowieso nur, wenn die Karte, die an der Tür vom „Lindenhaus" hing, von Vincent wäre, was sie garantiert nicht ist. Tja, da kann man nichts machen.

Ich muss wieder an Vanessa denken. Sie war heute trotz ihres schönen Glitzerkleides nicht so umschwärmt, wie sie wohl gehofft hatte. Insgeheim freut mich das ein klein wenig. Sie hat im Gegensatz zu mir für ihre Kostümierung nicht mal einen Preis bekommen!

4. Mitgefangen, mitgehangen

Mein fünfzehnter Geburtstag naht. Ich habe am 25. Februar Geburtstag, was gut ist, wenn das Datum in die Faschingszeit fällt, aber eher schlecht, wenn der Fasching schon war. Dann hat kaum einer Lust zu feiern, die Luft ist einfach raus. So ist es auch dieses Jahr. Nach der Riesenfete kann man schlecht was auf die Beine stellen, und so frage ich Frau Mayer nur, ob es okay ist, wenn wir Mädchen in unserem Gruppenraum eine Pyjamaparty veranstalten. Sie hat nichts dagegen, weil der nächste Tag ein Samstag ist.

Ich lade auch die Mädels von unten dazu ein, und zumindest Jenny, die jetzt wieder blond ist und eine normale Frisur hat, Yvonne, Melanie und Midori sagen zu, vorbeizuschauen. Ich leihe mir verschiedene CDs, die dem Geschmack meiner Gäste entsprechen, besorge ein paar DVDs aus der Videothek und kümmere mich um die Verpflegung: diverse Sorten Chips, Erdnüsse, Popcorn, eine Riesenpackung Eis, sowie die Getränke: Cola, Sprite und Wasser für die Gesundheitsfanatiker. Dazu mache ich noch Omilis berühmten Nudelsalat mit Schinken- und Käsewürfeln. Das dürfte reichen.

Beginn der Party ist um halb zehn, nach dem üblichen Fernsehprogramm am Freitagabend. Um viertel nach neun schlüpfen wir in unser Nachtzeug, und ich baue die Fressalien und die Getränke auf. Gratuliert hat mir die gesamte WG schon heute Morgen, aber meine Geschenke bekomme ich erst jetzt.

„Los, auspacken“, rufen die anderen im Chor, während wir uns auf dem großen Sofa lümmeln. Ich freue mich über die Kette von Lissy, das abschließbare Tagebuch von Isabell, den historischen Roman von Maja und ein bisschen auch über das T-Shirt von Vanessa, obwohl ich den Verdacht habe, dass sie es ursprünglich für sich selbst gekauft hat: Es ist schwarz mit der weißen Aufschrift „I love New York“, wobei das „love“ durch ein rotes Herz ersetzt ist.

„Das ist echt aus New York! Hab ich aus meinem Weihnachtsurlaub mitgebracht.“

Na ja, ich war noch nie in New York, und diese Botschaft muss ich auch nicht auf der Brust tragen. Aber ich kann es ja als Schlafshirt nehmen.

Den Vogel jedoch haben Leonie, Conny und Ann-Kathrin abgeschossen: Sie haben zusammengelegt, einen Bilderrahmen fürs „Amselzimmer“ besorgt und eine Fotocollage meiner Lieblingsband „Blue“ gebastelt, mit dem Sänger Duncan in der Mitte, und oben in der Ecke stecken zwei Karten für das „Blue“-Konzert im Juni in Hannover.

„Mensch, seid ihr wahnsinnig! Das hat doch ein Vermögen gekostet!“

„Ach was“, wehrt Leonie ab. „So teuer waren die Karten gar nicht. Es war bloß schwierig, überhaupt welche zu kriegen. Aber Katis Vater hat Beziehungen, und so hat's geklappt.“

Es klopft: Jenny und Melanie stecken den Kopf zur Tür herein. „Yvonne und Midori kommen auch gleich hoch. Midori ist nicht zufrieden damit, wie wir dein Geschenk eingepackt haben. Also, noch mal: Herzlichen Glückwunsch, Hannah!“

Wir fangen schon mal an mit unserer Pyjamaparty, wobei nur Vanessa und Jenny wirklich Schlafanzüge tragen: Vanessa ein teures Teil aus Satin, Jenny schlichtes Frottee. Lissy hat ein Nachthemd an, so im Country Stil, aus naturfarbenem Leinen, mit kleinen, eingenähten senkrechten Falten im Oberteil. Wir anderen tragen T-Shirts, entweder knielang wie Maja, oder taillenkurze, kombiniert mit Leggins.

„Hmm, der Nudelsalat ist aber lecker", findet Ann-Kathrin, während im Hintergrund eine CD von „Blue" läuft.

„Das ist deine Lieblingsband? Gar nicht schlecht!" Lissy nickt beifällig und stopft sich eine Handvoll Erdnüsse in den Mund.

„Das sind Kalorienbomben", warnt Maja, langt aber selbst bei den Chips zu. Es klopft erneut, diesmal sind es Midori und Yvonne, die mir feierlich das neu verpackte Geschenk der vier überreichen. Es ist ein wahres Kunstwerk geworden, mit gefalteten Vögeln als Verzierung an der dicken zweifarbigen Schleife. „Das ist Origami – japanische Faltkunst", sagt Yvonne. „Nicht wahr, Midori?" Die nickt und setzt sich erst, als ich sie dazu auffordere.

Vorsichtig entferne ich die Papiervögel und lege sie auf den Couchtisch. Dann wickele ich das Paket aus. Zum Vorschein kommt ein dicker flauschiger Bademantel, weiß, die Kanten eingefasst mit einem schmalen grünrotkarierten Band.

„Toll!"

Mein alter Bademantel, den ich manchmal am Wochenende in der Küche zum Frühstück anhatte, ist wirklich schon recht schäbig. Ein gelungenes Geschenk!

„Danke, danke, danke! Ich danke euch allen!" Umarmungen, Küsschen auf die Wangen, nur Vanessa entzieht sich. Aber so dicke sind wir ja normalerweise auch nicht miteinander.

Wir finden es alle sehr gemütlich, hören zuerst Musik, sehen dann das erste der Videos. Mittlerweile ist es kurz nach halb zwölf. Frau Mayer hat sich vor einer viertel Stunde auf ihr Zimmer zurückgezogen, mit der Bitte, dass wir die Lautstärke drosseln und spätestens um zwei im Bett sind.

„Was wollen wir jetzt gucken?"

Wir diskutieren noch, da klopft es leise.

„Ach, kommen Nadja und die anderen doch noch?", freue ich mich, denn eine gute halbe Stunde habe ich noch Geburtstag.

Doch dann kreischt Maja auf, als sich die Tür öffnet und die acht Jungen aus dem „Pappelhaus" hereinspazieren. Moritz legt warnend den Finger auf den Mund: „Macht bloß keinen Lärm, dann sind wir dran!"

Natürlich dürfen Mädchen und Jungen sich gegenseitig in den Häusern besuchen, aber nicht nachts um halb zwölf, und schon gar nicht, wenn die Mädchen so leicht bekleidet sind wie wir. Wenn Frau Mayer das spitzkriegt, gibt es echt Ärger!

„Wir wollten noch ein bisschen mitfeiern", sagt Philipp im Flüsterton und winkt seine Kumpel heran. Alle lassen sich in ihren Schlafanzügen auf dem Teppichboden nieder, weil das Sofa und alle weiteren Sitzgelegenheiten besetzt sind.

„So wird das wenigstens eine echte Pyjamaparty, wenn ich mich so umgucke", meint Matze angesichts unserer T-Shirts. Maja hat schnell die nackten Beine unter ihr Shirt gezogen und Ann-Kathrin die Arme vor der Brust gekreuzt. BHs tragen wir alle nicht. Es ist schon eine ungewohnte Situation, aber sie hat auch was ... Vielleicht ist es der Reiz des Verbotenen?

„Woher wisst ihr überhaupt von unserer Party?"

„Tja", grinst Philipp, „das hat uns ein kleines Vögelchen verraten!" Mehr will er dazu nicht sagen. „Wir wären gern eher gekommen, aber wir mussten natürlich warten, bis die olle Mayer aus dem Weg ist.

Wie ist es: Habt ihr noch ein Video, das wir zusammen gucken können?"

„Klar!"

„Und was zu futtern gibt's auch", freuen sich Benny und Berti und machen sich über die Reste unseres Büfetts her. Henning, der Ordnungsfanatiker, sammelt heruntergefallene Chips vom Boden auf, und Fabian, der ganz an der Seite sitzt, betrachtet interessiert Connys Puzzle neben sich, das zu Dreivierteln fertig ist.

„Pass bloß auf, dass du nichts kaputt machst!"

„Keine Sorge!"

Jetzt, wo die Jungen dabei sind, entscheide ich mich für den Psychothriller statt für die Liebeskomödie, die auch noch zur Debatte stand. Ich schiebe gerade die Kassette in den Recorder, als Matze verkündet: „Ich muss niesen, Leute!"

„Nein! Reiß dich zusammen, Mann!"

Er reibt hektisch seinen Nasenrücken und schneidet verzweifelte Grimassen.

„Wieso? Er kann doch niesen", meine ich ahnungslos.

„Das geht nicht! Wenn Matze niest, ist das so, als ob ein Elefant im Dschungel trompetet!"

Und genauso kommt es! Und nicht nur ein Trompetenstoß erschüttert unseren Wohnraum, sondern gleich drei hintereinander.

„Sorry, ich konnt's nicht unterdrücken", murmelt Matze geknickt in die anschließende Stille. Doch seine lauten Nieser haben die befürchteten Folgen: Die Tür geht auf, und Frau Mayer steht im Rahmen, die silberblonden Haare offen über den Rücken fallend, in einem Morgenmantel über ihrem Nachthemd.

„Was geht hier vor?"

Jede Antwort erübrigt sich, denn sie hat mit einem Blick die Situation erfasst. „Ich muss schon sagen: Hannah, ich bin sehr enttäuscht von dir! Ich hätte nicht gedacht, dass du meine Großzügigkeit so ausnutzt."

Im ersten Moment will ich mich verteidigen, denn ich habe die Jungs schließlich nicht eingeladen. Aber sicher spricht es gegen den Internatscodex, andere in die Pfanne zu hauen. Also schweige ich. Doch ich muss auch gar nichts sagen, denn Jonas ergreift das Wort. Er ist mit fast sechzehn der Älteste der Jungengruppe.

„Hannah kann nichts dafür, Frau Mayer. Es war unsere Idee, die Mädchen wussten nichts davon."

„Das spielt keine Rolle, Jonas. Ihr habt gegen die Internatsregeln verstoßen, ihr alle miteinander." Sie wendet sich an uns Mädchen auf dem Sofa. „Ihr hättet den Jungen nur zu sagen brauchen, dass sie um diese Zeit hier nichts zu suchen haben, Geburtstag hin oder her." Sie scheucht mit der Rechten die Jungs vom Boden hoch und spricht wieder zu uns allen: „Es tut mir leid, aber das kann ich euch nicht durchgehen lassen. Ich werde morgen Herrn Gravesen über diese nächtliche Aktion informieren müssen." Herr Gravesen ist der Hausvater vom „Pappelhaus". „Wir werden beide besprechen, welche Konsequenzen das nach sich ziehen wird." Mit anderen Worten: wie hoch die Strafe ausfällt. „Ihr meldet euch morgen um zehn bei mir bzw. bei Herrn Gravesen, dann teilen wir euch unsere Entscheidung mit. Mein Vorschlag wird sein: Hausarrest an diesem und am nächsten Wochenende. Dann wird so etwas hoffentlich nicht wieder vorkommen."

Mit gesenkten Köpfen trotten die acht Jungs an Frau Mayer vorbei. So hatten sie sich den Besuch bei uns nicht vorgestellt.

„Tut mir echt leid, Hannah", entschuldigt sich Matze noch einmal beim Hinausgehen. Es ist klar, dass die Party jetzt auch für uns Mädchen beendet ist. Ich werfe einen Blick auf meine Armbanduhr: Es ist kurz nach zwölf, Geburtstag habe ich sowieso nicht mehr.

„Ein Glück, dass die Faschingsfete schon war", meint Leonie in unserem Zimmer. „Sonst hätten wir daran womöglich nicht teilnehmen dürfen!"

„Echt? Das ist aber ganz schön hart!"

„Regel ist Regel, und nächtliche Besuche zwischen Jungen und Mädchen sind nun mal verboten."

Na gut, es stehen an den nächsten beiden Wochenenden keine größeren Aktivitäten an, dann ist es nicht so schlimm, wenn wir im Haus „Linde" bleiben müssen. Musik hören und fernsehen dürfen wir ja.

* * *

Am nächsten Morgen um zehn bestätigt Frau Mayer das Strafmaß. „Herr Gravesen war ganz meiner Meinung. Und haltet euch daran! Wehe, ich erwische jemanden von euch dabei, wie er doch das Haus verlässt, um in Celle ins Kino zu gehen oder etwas in der Art! Alles klar?"

Wir nicken, alle zwölf, denn auch die vier Mädels der Zehnten gehören zu den Bestraften. Für Jenny tut es mir besonders leid, denn sie kann nun nicht zum Geburtstag ihrer Freundin Mascha aus dem „Erlenhaus" am nächsten Samstag.

Conny räuspert sich. „Frau Mayer, Hannah und ich gehen jeden Sonntag Vormittag in den Gottesdienst der Marien-Kirche in Priessdorf. Dürfen wir das? Wir machen auch nichts anderes, ganz bestimmt nicht!"

„Das glaube ich euch, Constanze“, sagt Frau Mayer freundlich. „Und ein Gottesdienst ist sicher eine gute Sache. Aber wir haben nun einmal so entschieden, Herr Gravesen und ich, und vom Hausarrest gibt es keine Ausnahmen, auch nicht für einen Kirchenbesuch.“

Damit sind wir entlassen.

„An den Gottesdienst morgen hatte ich noch gar nicht gedacht“, sage ich zu Conny. „Das ist wirklich schade.“

„Ihr müsst doch nicht jeden Sonntag hin“, meint Leonie.

„Wir müssen nicht, aber wir würden gerne“, korrigiert Conny. „Das verstehst du nicht, Leo.“

„Ne, das verstehe ich wirklich nicht!“ Kopfschüttelnd verschwindet Leonie im „Amselzimmer“.

Conny hat recht: Wir würden gerne. Aber bei mir kommt noch etwas hinzu, wovon Leonie nichts weiß: Als alle davon ausgingen, dass Papa ertrunken ist, habe ich Gott versprochen, jeden Sonntag den Gottesdienst zu besuchen, wenn Papa gerettet wird und ich nicht gerade schwer krank bin. Aber mit so etwas wie gestern Nacht konnte ich nicht rechnen, ich habe unseren Hausarrest nicht bewusst verschuldet.

„Wir könnten den Fernsehgottesdienst sehen“, meint Conny. „Aber der ist ziemlich steif und langweilig, ich habe ihn gesehen, als ich so erkältet war.“

Und vielleicht wollen die sechs anderen zu der Zeit auch etwas sehen, um die Langeweile zu vertreiben, dann werden wir sowieso überstimmt. Aber da habe ich eine Idee: „Vielleicht kann Simon Pastor Demeers Predigt aufnehmen und uns die Kassette vorbeibringen? Wir bitten Nadja oder Melanie von unten, ihn zu fragen. Die dürfen das Haus ja verlassen!“

„Superidee, Hannah!“

Yvonne erklärt sich bereit, zum „Tannenhaus“ der Jungen zu gehen und den „Professor“ in unserem Namen um diesen Gefallen zu bitten. Nun ist es doch gut, dass ich ihn vorletzte Woche angesprochen und auf der Faschingsfete mit ihm getanzt habe! Letzten Sonntag hat er sich in der Kirche zum ersten Mal sogar zu uns gesetzt, statt allein eine Reihe davor zu hocken. Finde ich gut, irgendwie.

5. Ostern bei Leonie

Zum Mittagessen dürfen wir zum Speisesaal hinübergehen, wir müssen uns nur anschließend gleich bei Frau Mayer zurückmelden. Simon hat Wort gehalten: Er kommt zu uns herüber und reicht mir eine Kassette. „Ich habe den ganzen Gottesdienst aufgenommen, nicht nur die Predigt. Die Qualität ist nicht besonders gut – die Lieder klingen sogar ziemlich schräg –, aber was Pastor Demeer sagt, kann man ohne Probleme verstehen. Ich habe mich extra in die erste Reihe gesetzt, wegen der besseren Akustik."

„Danke, Simon!"

„Keine Ursache."

Ich betrachte die Kassette: Simon hat sie fein säuberlich beschriftet, das Etikett trägt die Aufschrift „Gottesdienst der Marien-Kirche in Priessdorf" mit dem entsprechenden Datum. Er hat auch alle Lieder, die gesungen wurden, aufgelistet und das Thema der Predigt mit der dazugehörigen Bibelstelle notiert.

Am Nachmittag hören Conny und ich die Kassette im „Amselzimmer". Wir sind ganz ungestört: Leonie sitzt mit den anderen im Gemeinschaftswohnzimmer. Die Bekanntmachungen spulen wir vor, und die Lieder sind echt nicht das Wahre, aber die Predigt ist super. Sie handelt von den Einwohnern Laodizeas, die zu „lau" sind. Der Text ist ganz schön hart, gibt mir aber zu denken. Ich will nicht wie die Leute aus Laodizea sein und Gott so am Rande meines Lebens mitlaufen lassen, er soll wirklich im Mittelpunkt stehen. Bei Conny bin ich mir sicher, dass es so ist, sie nimmt sich auch richtig Zeit für die Bibel, liest täglich darin. Das mache ich seit Januar zwar auch, aber vieles sagt mir gar nichts.

„Ich habe ganz vorn angefangen und lese jeden Tag ein paar Verse. Auf diese Weise will ich mich durch die ganze Bibel arbeiten“, erkläre ich Conny. „Bloß sehe ich bei den Texten des Alten Testaments oft nicht, wo der Bezug zu meinem Leben ist.“

„Du solltest dir einen Bibelleseplan zulegen“, schlägt sie vor. „Da werden wichtige Bibelverse verständlich erklärt und man kapiert, was Gott damit sagen will. Probier's mal aus, ich finde das sehr hilfreich. Und wenn du Fragen zu einem bestimmten Thema hast, kannst du auch ins Internet gehen. Du klickst www.bibelserver.com an, gibst einen Suchbegriff ein und bekommst alle Textstellen dazu. Die Übersetzung kannst du vorher wählen, die Lutherbibel, ‚Die gute Nachricht‘, ‚Hoffnung für alle‘ oder was immer du willst.“

„Oh, das ist ein guter Tipp! Das mache ich.“

* * *

Am Samstag geben wir Simon im Speisesaal die Kassette zurück mit der Bitte, am Sonntag noch mal für uns tätig zu werden und auch den zweiten Märzgottesdienst für uns aufzunehmen.

„Mach ich, kein Problem.“

Diesmal handelt die Predigt davon, dass man Gottes Wort weitergeben soll: ein ganz klarer Auftrag an die Jünger, die „gute Botschaft“ zu verbreiten. Wenn wir Christen sein wollen – die Nachfolger von Jesus Christus –, dann gilt das auch für uns. Meist reden wir aber mit anderen gar nicht darüber, sondern behalten unseren Glauben schön für uns, so, als wäre es ausschließlich unsere Privatsache.

„Das ist so, als wenn wir einen Schatz gefunden haben, ihn aber verbergen, damit niemand anderer daran teilhaben kann“, sagt Pastor Demeer. „Dabei ist es ganz einfach, die Liebe, die Jesus uns schenkt, auch an andere weiterzugeben. Oder davon zu erzählen, was Jesus in unserem Leben bewirkt hat. Nur Mut – mehr als ein bisschen Mut gehört nicht dazu!“

Aber ich habe die Erfahrung gemacht, dass die meisten gar nichts hören wollen, wenn es um den Glauben geht. Nicht mal Leonie interessiert sich dafür, sie blockt immer ab, sobald ich das Gespräch auf Gott und Jesus bringe. Na ja, ich war nicht anders, als ich auf den „Eichenhof“ kam – ich wollte eine ganze Zeit lang auch nichts wissen von Connys Erklärungen. Doch irgendwann ändert sich das vielleicht bei Leonie – ich gebe die Hoffnung jedenfalls nicht auf. Im Moment ist sie untröstlich, weil bei der Entscheidung von „DSDS“ nicht ihr Favorit gewonnen hat. Aber immerhin hatte er es ins Finale geschafft, mein „Schwarm“ ist leider schon vorher ausgeschieden.

Manchmal wandern meine Gedanken zurück zu meiner alten Klasse und meiner früheren besten Freundin Laura. Sie hat mehrfach für den Gewinner von „DSDS“ angerufen, das weiß ich, das hatte sie mir gemailt, und sie will auch sein erstes Album kaufen, sobald es auf dem Markt ist. Im Moment muss sie sich mit seiner Single zufriedengeben, die gleich Platz 1 der Charts erobert hat.

Laura hat jetzt Frühjahrsferien – die hätte ich gern mit ihr zusammen verbracht, so wie früher. Sie hätte mich auch zu sich eingeladen, denn mit Olli, ihrem Freund, läuft es nicht mehr so richtig. Darüber hätten wir dann stundenlang quatschen können. Nur leider war uns beiden zunächst nicht klar, dass die Ferien nur in Hamburg schon im März sind, in allen anderen Bundesländern dagegen erst im April. Schade, so wird nichts draus.

Dafür hat Leonie mich gefragt, ob ich die vierzehn Tage im April mit ihr nach Hannover kommen will, und ich habe zugesagt. Das macht sicher genauso viel Spaß wie mit Laura, und so muss ich nicht allein im Internat bleiben. Oder genauer gesagt: nicht mit dem kleinen Trüppchen Zurückgebliebener, die aus den verschiedensten Gründen nicht zu ihrer Familie fahren. Dass Papa mal längere Zeit zu Hause ist, während ich Ferien habe, ist ziemlich unwahrscheinlich. Na ja, macht nichts, dann lerne ich eben Hannover, Leonies kleinen Bruder Lukas und ihre Eltern kennen.

* * *

Am ersten Samstag im April geht's los. Leonie hat so gut wie kein Gepäck – klar, sie hat zu Hause ja noch alle möglichen Sachen –, ich habe meine Reisetasche dabei. Für zwei Wochen braucht man nicht so schrecklich viele Klamotten. Wir fahren von Hemmlingen mit dem Bus nach Celle und nehmen von dort die Bahn nach Hannover. Am Bahnhof werden wir mit dem Auto abgeholt.

Auf dem Bahnsteig entdeckt Leonie sofort ihre Familie. Frau Hahnenberg hätte ich auch sofort erkannt, weil Leonie ihr wie aus dem Gesicht geschnitten ist. So wird meine Freundin in fünfundzwanzig, dreißig Jahren aussehen. Und auch der zappelige Junge, der aufgeregt hin und her hüpft, hat mit seinem braunen Wuschelkopf und den blitzenden Augen viel Ähnlichkeit mit seiner Schwester. Lebhaft und aufgeweckt, so wirkt er auf mich.

Leonie umarmt erst ihre Mutter, dann Lukas.

„Hallo, Hannah!“, begrüßt Frau Hahnenberg mich. „Wir freuen uns, dass du die Ferien bei uns verbringst, und hoffen sehr, dass du dich bei uns wohlfühlst.“ Dann wendet sie sich an ihre Tochter: „Es tut mir leid, dass Paps nicht mitkommen konnte. Er musste noch mal in die Fabrik. Du kennst ihn ja. Aber er hat versprochen, in spätestens einer Stunde zu Hause zu sein.“

Leonie verdreht die Augen. „Da werden sicher zwei draus!“

„Wieso muss er denn am Samstag in seine Möbelfabrik?“, frage ich Leonie leise, während wir dem Ausgang zustreben. „Arbeiten seine Leute denn auch samstags?“

„Ne, das nicht. Aber er ist selbständiger Unternehmer, und du weißt bestimmt, was ‚selbstständig‘ bedeutet: Er arbeitet selbst, und das ständig!“

So habe ich es noch nie gesehen, aber da ist sicher was dran.

Lukas redet die ganze Autofahrt über, aber ich höre nicht richtig zu. Ich bin sehr gespannt, wie der größte Möbelfabrikant Hannovers wohnt: bestimmt in einer schicken Villa, alle Zimmer stilsicher eingerichtet.

„Da sind wir: Alle Mann aussteigen!“

Während das Garagentor sich automatisch öffnet, klettern wir aus dem silbergrauen Mercedes und stehen vor Leonies Zuhause. Es ist ein zweistöckiger Flachdachbungalow, ganz gradlinig und schnörkellos, in einem gepflegten Garten.

„Da ist der olle Kasten“, sagt Leonie, obwohl mir

das Haus eher modern vorkommt. „Komm, ich zeig dir alles."

Das Wohnzimmer ist tatsächlich gestylt: schwarze Ledersofas, ein rechteckiger Couchtisch aus Chrom und Glas, eine deckenhohe Regalwand aus schwarzweißen Fächerquadraten, sehr edel mit vielen Bildbänden und Kunstobjekten dekoriert, und als Farbtupfer ein rotgelber Designerteppich, eine signalrote hochglänzende Lackkommode und sehr farbenfrohe abstrakte Bilder an den Wänden. Ich bin schwer beeindruckt.

Aber Leonie winkt mich weiter ins angrenzende Esszimmer mit einem großen antiken Tisch und supermodernen Stühlen zur offenen Küche: Esstresen, cremefarbene Einbauschränke und eine riesige Dunstabzugshaube aus Edelstahl über dem Ceranfeld des Herdes.

„Mann, ihr habt es aber ganz schön komfortabel!"

„Kunststück, bei dem Vater", lacht Leonie. „Das meiste stammt aus seiner Möbelfabrik, nur der Esszimmertisch ist auf einer Auktion ersteigert."

Wir sind jetzt wieder in der Diele, wo sich eine helle Holztreppe ins Obergeschoss schwingt. Lukas poltert hinter uns her nach oben. Dort gibt es das Arbeitszimmer des Hausherrn, das Leonie mir aber nicht zeigt, genauso wenig wie das Elternschlafzimmer mit eigenem Bad.

„Das hier ist unser Bad, das für Lukas und mich", sagt sie und öffnet die Tür in ein großes helles Badezimmer mit blaugrünen kleinen Mosaikkacheln, der mit einer Milchglasscheibe abgetrennten Toilette und zwei Waschbecken unter einem Spiegel, der die ganze Längswand einnimmt. Alle Achtung!

„Und jetzt kommt mein Zimmer."

Das sieht gar nicht so viel anders aus als mein altes

Zimmer in unserer Hamburger Wohnung: helle, moderne Möbel und Poster an den Wänden. Allerdings ist es größer, und zusätzlich zum Bett gibt es noch eine kleine, gemütliche Sofaecke.

„Das Sofa kann man ausziehen, da kannst du dann schlafen! Oder möchtest du lieber ins Gästezimmer? Da hast du dann deine Ruhe!"

„Nein, nein, das Sofa ist okay."

Es freut mich, dass ich mir mit Leonie genau wie auf dem Internat ein Zimmer teile – unsere abendlichen Gespräche würden mir fehlen, wenn ich ganz allein im Gästezimmer schlafen müsste. Aber dass wir das Bad ganz für uns haben – von Lukas einmal abgesehen –, finde ich cool. Das größte Problem auf dem „Eichenhof" ist nicht das frühe Aufstehen und auch nicht die streng geregelte Bettruhe, sondern dass man sich nie ungestört waschen oder duschen kann, immer sind andere Mädchen mit im Waschraum. In diesem Punkt vermisse ich schon etwas Intimsphäre. Klar guckt mir keine was ab, wenn ich nackend bin, und wir haben auch alle Busen, mehr oder weniger jedenfalls. Aber trotzdem fände ich es besser, wenn man nicht ständig so ungeschützt im Blickfeld der anderen wäre.

„Jetzt musst du dir aber mein Zimmer ansehen, Hannah", verlangt Lukas ungeduldig. Das ist ein wahres Paradies für einen Jungen. Es gibt ein Hochbett, in dessen unterem Teil sich eine Höhle mit bunten Sitzpolstern befindet, eine gemalte Dschungelszene mit vielen Tieren an der gegenüberliegenden Wand, ein Kletterseil, das von der Decke baumelt, und etliche Regale für die Sachen, die Neunjährige so haben: zwei Reihen Donald-Duck-Bücher, eine mit ordentlich gestapelten Comic-Heften, eine große Dinosaurier-Sammlung, viele

Kuscheltiere vom Hasen über Bären bis zu einem fast lebensgroßen Affen, diverse Automodelle und ein paar Tennis-Pokale. Natürlich gibt es auch einen Schreibtisch mit Computer und einen kleinen Fernseher, der in einem Fach des Kleiderschrankes steht und normalerweise hinter der Schiebetür verborgen ist.

„Dann kann ich in meiner Höhle liegen und fernsehen", sagt Lukas stolz. „Allerdings nur Kindersendungen und Tierfilme, da achtet Mami drauf."

„Du bist zu beneiden, Lukas", sage ich ehrlichen Herzens. „So ein Zimmer hätte jeder Junge gerne!"

Von unten ruft Frau Hahnenberg, dass das Mittagessen fertig sei. Das wird auch eine Erholung: endlich mal nicht mit hundertfünfzig anderen im Speisesaal zu sitzen!

Die Haustür fällt laut ins Schloss.

„Hallo, meine Lieben, ich bin da!", ertönt eine Männerstimme. „Wo ist denn meine Kleine?"

Aha, Herr Hahnenberg ist nach Hause gekommen. Er umarmt seine „Kleine" – Leonie –, versetzt Lukas einen freundschaftlichen Klapps, begrüßt mich herzlich und gibt seiner Frau einen Kuss, ehe er sich an den gedeckten Tisch setzt. Keine Frage, in dieser Familie ist man einander zugetan, und ich bin sicher, dass ich mich hier die nächsten zwei Wochen sehr wohl fühlen werde.

Es gibt nur ein Problem: Normalerweise würde ich morgen in den Gottesdienst gehen, aber ich will keine Unruhe in den üblichen Tagesablauf bringen. Von Leonie weiß ich, dass die ganze Familie immer ein langes gemeinsames Sonntagsfrühstück genießt. Ich will nicht, dass Hahnenbergs das Gefühl haben, sich nach mir richten zu müssen, dass Herr Hahnenberg zum Beispiel glaubt, er müsse mich zu einer Kirche fahren und später wieder abholen. Da verzichte ich ausnahmsweise auf den Gottesdienstbesuch, obwohl ich eigentlich keinen auslassen wollte. Aber ich denke, das ist in Ordnung so. Jesus hat sich auch nicht immer strikt nach den geltenden Regeln gerichtet, im Gegenteil. Er hat das getan, was ihm in der jeweiligen Situation richtig erschien.

Am darauffolgenden Wochenende ist Ostern – das ist natürlich ganz etwas anderes. Da will ich unbedingt in den Gottesdienst, und das werden meine Gastgeber sicher auch verstehen.

* * *

Die nächsten Tage sind eine angenehme Abwechslung zum Internatsleben. Natürlich ist Hannover nicht gerade eine brummende Metropole, aber es ist doch ganz nett, an der Leine entlangzubummeln oder in der Innenstadt zu shoppen. Da man auf dem „Eichenhof" sein wöchentliches Taschengeld praktisch nicht ausgeben kann, habe ich jetzt genügend Kohle, um mal so richtig zuzuschlagen, einkaufstechnisch gesehen. Das meiste Geld geht für Klamotten drauf.

Am Donnerstag ist es extrem voll in den Einkaufsstraßen und besonders in den Supermärkten, weil alle Welt groß für Ostern einkauft.

„Mama macht immer einen Lammbraten. Das magst du doch, oder?", erkundigt sich Leonie.

„Ich denke schon. Lamm habe ich noch nicht so oft gegessen."

„Und Karfreitag gibt es traditionell Fisch. Lukas kriegt Fischstäbchen, der isst keinen Fisch, der Gräten hat."

Das liefert mir das passende Stichwort, und ich

erwähne Leonie gegenüber meine geplanten Gottesdienstbesuche.

„Was? Gleich zweimal? Karfreitag und Ostersonntag?“

„Das eine macht nur mit dem anderen Sinn“, erkläre ich. „Schau mal: Am Karfreitag ist Jesus für uns gestorben, und Ostern ist er dann auferstanden. Für uns zu sterben, war leider notwendig. Wenn Jesus dieses Opfer nicht für die Menschen gebracht hätte, wären wir ohne Gott und ohne Hoffnung. Und wenn er nicht auferstanden wäre, gäbe es auch nach unserem Tod kein ewiges Leben. Verstehst du?“

„Hmm. Ist mir klar, dass du zu beiden Gottesdiensten willst, wenn du das so siehst.“

„Ich seh das nicht nur so, das steht in der Bibel. Da wird der Zusammenhang ganz klar, besser, als ich es jetzt erklärt habe.“

Leonie macht ein nachdenkliches Gesicht. „Dann ist der Karfreitagsgottesdienst eher traurig, und der Gottesdienst zu Ostern ein fröhliches Fest. Richtig?“

„So könnte man es ausdrücken.“

„Wir machen immer eine große Ostereiersuche, bei schönem Wetter im Garten, aber meistens drinnen. Ich bin über das Alter eigentlich hinaus, aber Lukas hat natürlich noch Spaß dran. Und Süßigkeiten essen wir beide gern ... In den Gottesdienst sind wir Ostern noch nie gegangen, nur zu Weihnachten. Aber ich versteh, warum dir das wichtig ist.“

„Ihr müsst mich auch nirgendwo hinbringen. Ich habe mir gestern im Internet eine Kirche rausgesucht, die nicht weit weg ist, höchstens fünfzehn Minuten zu Fuß. Da kann ich gut allein hin.“

„Und wenn ich mitkomme? Nicht am Karfreitag – so eine traurige Stimmung, das ist nichts für mich – aber am Sonntag?“

„Das wäre toll!"

Ich bin ganz überrascht über Leonies Angebot. Damit hätte ich nicht gerechnet!

„Gut, dann machen wir das so."

* * *

Also ziehe ich Karfreitag allein los. Ich kenne keine Menschenseele in dieser Kirche, und der Gottesdienst gefällt mir nicht besonders, diese „Stunde unter dem Kreuz", wie es der Pastor formuliert. Es ist alles wirklich ziemlich traurig, die ernsten Lieder, die Lesung von Judas' Verrat, der Gefangennahme von Jesus und der Verurteilung, genauso wie die Predigt, die natürlich von Jesu Tod am Kreuz handelt. Ich bin richtig froh, dass Leonie heute nicht mitgekommen ist, und hoffe darauf, dass der Ostergottesdienst ganz anders werden wird. Jedenfalls ist er als Familiengottesdienst geplant, und wenn die Kinder dabei sind, gestaltet man ihn sicher viel fröhlicher.

Am Ostersonntag ist der Gemeindesaal nicht wiederzuerkennen. Er ist mit vielen bunten Papp-Ostereiern und echten Zweigen geschmückt, die Kinder sitzen auf Stuhlreihen, die vorn im Halbkreis aufgestellt sind, und dürfen sich alle ein Schoko-Ei aus einem Körbchen nehmen, ehe der eigentliche Gottesdienst beginnt. Ostereier haben eigentlich keine christliche Tradition, gelten aber als Lebenssymbol. Egal, wie man das sieht: Ich finde es nett, dass man den Kleinen auf diese Weise eine Freude macht.

Es ist wirklich ein fröhlicher Gottesdienst, mit Teilen, die ganz auf die Kinder zugeschnitten sind, aber auch die Erwachsenen kommen nicht zu kurz. In der Predigt wird deutlich, warum wir uns heute freuen können: Jesus ist auferstanden, er hat den Tod besiegt!

„Und?", frage ich Leonie hinterher. „Wie fandest du's?"

„Hat mir gefallen. Ich hatte mir ehrlich gesagt nie viele Gedanken über Ostern gemacht, und über den Tod auch nicht. Aber es ist schon toll, dass es sowas wie die Auferstehung gibt. Und Himmelfahrt ist dann der nächste Schritt – das macht schon Sinn."

Ich freue mich, dass Leonie die Zusammenhänge kapiert hat.

„Jetzt müssen wir uns aber beeilen, damit wir rechtzeitig zum Lammbraten zu Hause sind!"

Wir hätten auch noch hier bleiben können, denn anschließend an den Gottesdienst findet ein gemeinsames Mittagessen statt, zu dem jeder der Anwesenden herzlich eingeladen ist. Es gibt Erbsensuppe mit Würstchen und ein Büfett mit diversen Kartoffel- und Nudelsalaten, Käse, Hackbällchen und als Nachspeise Rote Grütze mit Vanillesoße. Aber dass Leonie lieber mit ihrer Familie essen will, verstehe ich. Schließlich sitzen wir in acht Tagen wieder im Speisesaal des Internats inmitten all der anderen. Also auf zum Lammbraten!

* * *

Auch die zweite Woche bei Hahnenbergs ist erholsam. Wir können so lange schlafen, wie wir wollen, und niemand stört uns bei dem, was wir tagsüber vorhaben. Lukas hängt sich nicht wie eine Klette an uns, er spielt meist bei Klassenkameraden oder lädt seine Freunde ein. Aber die Villa ist groß genug, dass man sich nicht gegenseitig auf die Nerven geht. Abends schauen Leonie und ich fern oder gehen ins

Kino, einmal auch in eine Jugenddisco. Am letzten Samstag machen wir mit der Familie noch einen Ausflug in die nähere Umgebung, an den Maschsee, wo Lukas und Herr Hahnenberg eine Ruderpartie unternehmen und Leonie und ich faul im Gras liegen. Ausnahmsweise ist es warm und sonnig, ganz ohne Schauer oder gar plötzlich einsetzenden Hagel. Am Sonntag geht es dann zurück zum „Eichenhof".

„Das waren schöne Frühjahrsferien, und du hast eine supernette Familie! Danke, dass ich bei euch sein durfte."

„Keine Ursache", lächelt Leonie. „Ich fand's auch gelungen, viel besser, als wenn ich allein nach Hause gefahren wäre. Wahrscheinlich liegt es daran, dass wir beide uns ein Zimmer teilen. Da ist man es gar nicht mehr gewöhnt, allein zu sein."

Wie es wohl im Sommer sein wird? Hahnenbergs fliegen für drei Wochen in die Türkei, in ein All-Inclusive-Hotel mit fünf Sternen, das einen großen Pool und einen eigenen Sandstrand in der Bucht von Side hat. Ein richtiger Luxus-Urlaub. *Da kann ich kaum darauf hoffen, dass sie mich einladen.*

Aber bis dahin ist es noch lang hin, irgendwas wird sich schon für mich ergeben, und vielleicht ist ja auch Papa mal längere Zeit am Stück in Hamburg. Erst mal ist Frühling, und als nächstes großes Ereignis nach dem Faschingsfest steht die Wahl zur „Miss Eichenhof" ins Haus.

6. Miss „Eichenhof"

Die Wahl zur Miss „Eichenhof" findet traditionell im Mai statt. Letztes Jahr um diese Zeit war ich noch nicht auf dem Internat, aber Leonie hat mir alles darüber erzählt. Daran teilnehmen kann im Prinzip jedes Mädchen, aber die Jüngeren trauen sich meist nicht, und der Abiturjahrgang hat anderes im Kopf. So sind es eigentlich immer Kandidatinnen aus den Klassen neun bis zwölf, die sich dem Urteil der Jury stellen. So im Schnitt sind es zwischen sieben und zwölf Teilnehmerinnen, sagt Leonie.

Vanessa setzt ihren ganzen Ehrgeiz daran, in diesem Jahr Miss „Eichenhof" zu werden.

„Willst du nicht auch mitmachen?", frage ich Isabell, damit Vanessa sieht, dass sie nicht konkurrenzlos dasteht, nicht mal in unserer Wohngruppe. „Du bist doch wirklich schön, so im klassischen Sinn, meine ich."

„Ach, ich weiß nicht." Isa ist unentschlossen. „Ich überleg's mir noch."

Schließlich ist es ihr Freund Didi, der sie zur Teilnahme überredet. Er will wohl ein bisschen vor seinen Kumpels angeben mit seiner hübschen Freundin. Jenny hat sich ebenfalls überreden lassen, von Mascha, die sich nur anmelden will, wenn Jenny mitzieht. Chancen rechnet sie sich keine aus: „Nicht wirklich, aber dabei sein ist alles!"

Am Ende sind es zehn Teilnehmerinnen, die Jüngste ist Patricia aus der achten Klasse, die wirklich niedlich und ziemlich selbstbewusst ist. Dann kommen Vanessa und Isa aus meiner Wohngruppe, sowie Jenny und Mascha aus Klasse zehn und elf. Die anderen fünf sind schon in der Oberstufe, und wir kennen sie nur vom Sehen. Theresa, Vincents Exfreundin, darf nicht mitmachen, weil sie letztes Jahr „Miss Eichenhof“ war, hätte aber sowieso kein Interesse gehabt, wie wir hören. Sören wollte sich auch anmelden – er hatte sich ja schon beim Fasching sehr erfolgreich als Frau verkleidet – aber das hat die Jury abgelehnt.

„Meint ihr, Isabell oder Vanessa könnte es schaffen, die Wahl zu gewinnen?“

„Möglich ist alles“, sagt Conny. „Jede hat schließlich drei Auftritte, und wenn es ihnen gelingt, in die Endrunde zu kommen, ist auch noch Köpfchen gefragt!“

Die Aula ist gut gefüllt, die Wahl zur „Miss Eichenhof“ lässt sich kaum einer entgehen. Es ist für alle ein großer Spaß, für die Teilnehmerinnen wie für die Zuschauer gleichermaßen. Nur Vanessa sieht das Ganze ziemlich verbissen. Vorn in der ersten Reihe sitzt die fünfköpfige Jury, zwei Frauen und drei Männer. Der eine ist Herr Brückner, der Leiter unserer Theater-AG, die beiden anderen kenne ich nicht, sie unterrichten nicht in unserer Klassenstufe.

„Der ganz links ist der Musiklehrer der Oberstufe, und der in der Mitte trainiert die Handballer“, weiß Leonie.

„Und die beiden Lehrerinnen?“

„Die zierliche Dunkle mit dem Pagenschnitt heißt Mademoiselle Petite, sie unterrichtet die Siebte in Französich und kleidet sich immer sehr elegant. Echt Pariser Chic, weißt du.“

„Und die andere ist Frau Wagner, die den Ballettkurs leitet“, sagt Ann-Kathrin. Sie hat früher auch Ballett getanzt.

Jetzt wird mit lautem Beifall Herr Kachelmann,

Sportlehrer am „Eichenhof" sowie Hausvater der Jungen aus der Achten, begrüßt, der die Show leitet. Er stellt die Jury vor und erklärt noch einmal kurz die Punktevergabe: dass jedes Jurymitglied pro Kandidatin einen bis zehn Punkte vergibt für jeden der drei Auftritte, maximal sind also 50 Punkte pro Runde bzw. 150 Punkte als Höchstpunktzahl zu erreichen.

„Die drei Mädels mit den höchsten Bewertungen erreichen das Finale, aber dazu später mehr!" Herr Kachelmann läutet die erste Runde mit dem Motto „Internats-Look" ein, in der alle zehn Mädchen der Reihe nach in Jeans und unserem dunkelblauen Internatspullover mit dem kleinen Eichen-Emblem erscheinen. Die Reihenfolge wurde vorher ausgelost.

„Und unsere Nummer 1 ist Mascha aus dem ‚Erlenhaus'!"

Mascha geht bis zur Mitte der Bühne, stellt sich dort kurz vor, wobei nicht vorgeschrieben ist, was man sagt, dreht sich vor der Jury lässig einmal um die eigene Achse und geht zur anderen Seite hin ab. Das ist alles harmlos. Stolpern sollte man natürlich nicht, und die Jeans muss auch sitzen, aber sonst kann man nicht viel falsch machen. Hauptsache, man hinterlässt einen positiven Eindruck.

Nummer zwei heißt Charlotte, dann kommt die kleine Patricia. Die Siebtklässlerinnen, die zusammen mit den Schülerinnen aus der achten Klasse im „Buchenhaus" wohnen, schwenken diesmal nicht ihre Glitzerpuschel wie beim Fasching, halten aber Schilder mit der Aufschrift „VOTE for PATRICIA" in die Höhe, auch wenn die Zuschauer keinen Einfluss auf die Entscheidung der Jury haben.

Als Nächste ist Vanessa dran. Sie geht nicht über die Bühne, sie schreitet. Ihre drei Vorgängerinnen haben bei der Vorstellung ihre Hobbys erwähnt, nicht so Vanessa. Sie betont, dass sie später Model werden will, ganz professionell. Ob das bei der Jury so gut ankommt?

Wir sind ein bisschen zwiegespalten, da wir nicht so genau wissen, ob wir Ness nun die Daumen halten sollen oder nicht. Einerseits mögen wir sie nicht besonders, andererseits gehört sie zu unserer WG. Bei Isabell, die als Nächste auf die Bühne muss, ist das anders. Wir klatschen, so laut wir können, als sie ihren Auftritt beendet.

Nummer sechs, Lisa, hat in unseren Augen gute Chancen auf den Titel. Sie sieht nicht nur blendend aus, sondern hat auch viel Charme und wirkt ganz gelöst. Danach ist Jenny an der Reihe, gefolgt von den letzten drei der Miss-Bewerberinnen.

In der darauffolgenden kurzen Pause, in der die Jury ihre Bewertungen vergleicht und bespricht, ziehen sich die Kandidatinnen für die nächste Runde um. Jetzt lautet das Motto: „Eleganz und Stil“, und alle tragen nun ein Kleid ihrer Wahl, ob lang oder kurz, ist egal.

Vanessa hat sich für das figurbetonte Kleid aus Silberlamée mit dem Seitenschlitz entschieden, das sie auch beim Fasching getragen hat. Nur dass sie diesmal keine Netzstrümpfe anhat, und auf das Stirnband und die lange Zigarettenspitze hat sie auch verzichtet. Trotzdem finde ich den Auftritt übertrieben: zu viel hüftenschwingendes Geglitzer!

Isabell hat ein knielanges schwarzes Kleid mit Spaghetti-Trägern angezogen, ganz schlicht, das gefällt mir viel besser, und ich bin auch sicher, dass die Lehrerin aus Paris ihr mehr Punkte gibt als Vanessa. Es ist alles dabei: vom roten Minikleid bis zum langen Abi-Ballkleid – hier wird die Bewertung schon viel unterschiedlicher ausfallen als beim ersten Auftritt.

„Und jetzt", verkündet Herr Kachelmann, „kommen wir zu Runde drei!"

Das Publikum, das den Ablauf kennt, trampelt mit den Füßen, denn jetzt geht es um „The Sexiest Body". Offiziell heißt es natürlich anders, aber die Internatsschüler haben den dritten Auftritt so getauft, weil jetzt alle Mädchen in Bikinis oder Badeanzügen antreten. Im Schwimmbad sehen sie auch nicht anders aus, trotzdem wird hier jeder Auftritt mit Gejohle und begeisterten Pfiffen begleitet, egal, ob die Figur der zehn wirklich Model-Maßstäben entspricht oder nicht.

Patricia wirkt noch recht kindlich, Mascha hat zu dicke Oberschenkel, wenn man es genau nimmt, und Isa ist knabenhaft schlank. Es heißt, dass nicht die Körbchengröße bei der Jury entscheidend ist für die Punktzahl, sondern vielmehr der Gesamteindruck: Halten die Kandidatinnen sich gerade, nehmen sie die Schultern zurück oder machen sie einen krummen Rücken.

„Also, ich finde, Isa und Ness haben es sehr gut gemacht", findet Conny. „Aber ich glaube, dass Lisa ins Finale kommt."

„Meine Favoritin ist Charlotte. Aber mit Lisa könntest du auch recht haben."

„Jenny und Mascha sind wahrscheinlich draußen. Oder was meint ihr?" Leonie hat auch Jenny die Daumen gedrückt, das weiß ich, nur wirklich schön ist sie nicht, nur sehr sympathisch.

„Und jetzt kommen wir zum Urteil der Jury!", verkündet Herr Kachelmann. Alle zehn Badenixen stehen mehr oder weniger aufgeregt auf der Bühne. Nur die ersten fünf Platzierungen werden genannt, damit sich niemand als Verlierer fühlt, und die Punkte werden nur bei den ersten dreien bekannt gegeben, die in der nachfolgenden „Köpfchen, Köpfchen-Runde“ noch jede Menge Punkte dazusammeln können.

Fünfte ist Jenny geworden, die sich sehr darüber freut. Auf Platz vier steht Isa, was wir mit großem Beifall quittieren.

„Und unsere drei Endrundenteilnehmerinnen sind“, Herr Kachelmann legt eine Kunstpause ein, um die Spannung zu steigern, „es siiind: Charlotte, Vanessa und Lisa!“

Die Fan-Blöcke johlen, klatschen und trampeln. Na gut, wenn es Isabell ganz knapp nicht geschafft hat, dann sind wir jetzt doch für Ness. Sie liegt zur Zeit auf dem zweiten Platz mit fünf Punkten Rückstand auf Lisa und acht Punkten vor Charlotte. Da ist noch alles drin!

Die ausgeschiedenen Kandidatinnen verlassen unter dem Applaus des Publikums die Bühne. Ob Mascha jetzt traurig ist, dass Jenny, die nur ihr zuliebe mitgemacht hat, besser abgeschnitten hat als sie?

Die drei, die jetzt gegeneinander antreten, bekommen von Herrn Kachelmann flauschige Bademäntel gereicht, was von einigen Jungs wie jedes Jahr mit Buh-Rufen quittiert wird.

Herr Kachelmann ist bekennender Quizfan, er hatte auch die Idee für die Spielerunde, die die Entscheidung bei der „Miss“-Wahl bringen wird. Sie läuft so ähnlich ab wie die Quizsendung „Fünf gegen Fünf“ auf RTL II. Deshalb hat Vanessa auch die ganze letzte Woche die Show im Vorabendprogramm gesehen, als Training. Natürlich stellt Herr Kachelmann keine Fragen aus einer aktuellen Sendung, damit niemand vorab schon die Antworten kennt, sondern greift auf eine ältere Folge zurück, als die Sendung noch „Familienduell" hieß. Das war lange vor unserer Zeit.

„Man hat hundert Leute befragt", beginnt Herr Kachelmann. „Was wirft man bei einem Streit an die Wand?"

Jede Endrundenteilnehmerin darf jetzt eine Antwort geben, die mit der niedrigsten Punktzahl – in diesem Fall also Charlotte – beginnt, was von Vorteil ist. Dann ist die derzeit Zweite dran, danach die Führende. Entscheidend dabei ist nicht, was man selbst tun würde, sondern was man glaubt, was die meisten Leute geantwortet haben. Und man muss innerhalb von drei Sekunden antworten, sonst wird man ausgegongt.

„Tasse", sagt Charlotte, „Teller" Vanessa. Selbst wenn Lisa denkt, dass die meisten Leute eins von beidem gesagt haben, muss sie jetzt etwas anderes finden. „Glas", antwortet sie.

„Alles richtig!", ruft Herr Kachelmann. „Aber welches war die Top-Antwort?"

Wer die Top-Antwort gefunden hat, bekommt 15 Punkte, die zweitmeiste Nennung bringt 10 Punkte, für die Antworten auf Platz drei, vier oder fünf bekommt man 5 Punkte. Nun löst er auf: „‚Glas' war auf Platz drei, das sind fünf Punkte für Lisa!"

Beifall. „‚Tasse' wurde von fast doppelt so vielen Leuten genannt – 10 Punkte dazu für Charlotte, und die Top-Antwort war mit 41 Prozent: ‚Teller'! Also fünfzehn Punkte für Vanessa!"

Damit führt nun Vanessa mit fünf Punkten Vorsprung, aber das kann sich alles ganz schnell wieder ändern.

Herr Kachelmann verspricht fünf Zusatzpunkte,

wenn man noch die letzten beiden Antworten findet, die genannt wurden.

„Fernbedienung“, rät Charlotte, „Vase“ sagt Lisa, und Vanessa meint: „Handy!“

„Fernbedienung?“, wundert sich Herr Kachelmann.

„Ja“, erklärt Charlotte. „Wenn ich zu Hause bin, streiten mein Bruder und ich uns immer darüber, welches Fernsehprogramm wir sehen wollen. Und dann fliegt schon mal die Fernbedienung!“

Das erklärt Charlottes spontane Antwort, ist aber falsch: Keiner der hundert befragten Erwachsenen hat „Fernbedienung“ geantwortet. Für „Vase“ dagegen heimst Lisa noch mal 5 Punkte ein, weil acht Prozent diese Antwort gegeben haben. Jetzt muss Vanessa noch das „Handy“ begründen, was ihr aber auch keine Punkte einbringt: „Wenn ich mich sehr ärgere, dann werfe ich schon mal mein Handy durch die Gegend!“

„Und dann ist es kaputt“, meint Herr Kachelmann. Das Publikum lacht.

„Vanessa kauft sich sicher sofort ein neues“, flüstert Leonie mir zu. Stimmt, Geld spielt in ihrer Familie ja kaum eine Rolle. *Wie kann man bloß so eine bescheuerte Antwort geben!*

„Richtig wäre gewesen: ‚Blumentopf‘. Das haben immerhin noch sechs Prozent der Leute gesagt.“

Damit haben Vanessa und Lisa jetzt gleich viel Punkte.

„Runde zwei. Man hat hundert Leute gefragt: Was freut einen am Morgen?“

Ein Zwischenruf aus dem Publikum: „Dass man schulfrei hat!“

Natürlich war das keine der richtigen Antworten, weil man Erwachsene gefragt hat.

„Frühstück?“, vermutet Charlotte, „Musik“, sagt Lisa, und Vanessa entscheidet sich für „gutes Wetter“.

„Musik“ war die Top-Antwort, „Frühstück“ belegte den zweiten Platz, und „gutes Wetter“ rangierte auf Platz vier, nach dem Partner. Damit ist Lisa mit zehn Punkten Vorsprung auf Vanessa wieder Erste.

„Und wir kommen zur dritten und letzten Fragerunde, bevor sich entscheidet, welche beiden Kandidatinnen die Finalrunde bestreiten werden!“, verkündet Herr Kachelmann. „Man hat hundert Leute gefragt. Was ist ein farbenprächtiges Tier?“

„Pfau“, sagt Vanessa wie aus der Pistole geschossen. *Klar, sie ist ja selbst so eitel!*

„Schmetterling“, meint Charlotte, „Papagei“ kommt von Lisa.

„Sicher ist ‚Papagei‘ die Top-Antwort“, sage ich zu Leonie und Conny, und damit liege ich richtig. „Pfau“ war auf Position 2, „Schmetterling“ auf Platz 3. Damit hat Charlotte nichts auf die beiden Führenden aufgeholt. Sie bekommt als Drittplatzierte einen Kinogutschein für das Kino in Celle und wird mit viel Applaus verabschiedet.

„Und nun: unsere Finalrunde!“

Die bisherigen Punkte zählen jetzt nicht mehr, und die Wertung ist nun auch eine andere. Die Punkte, die man in der Finalrunde einheimsen kann, entsprechen den Prozentzahlen ihrer Nennung. Wenn z. B. vierunddreißig Prozent der befragten Leute die Top-Antwort gegeben haben, bekommt man auch vierunddreißig Punkte. Vanessa darf als bisher Zweite anfangen, hat aber nur fünfundzwanzig Sekunden Zeit zum Antworten. Lisa muss solange einen Kopfhörer aufsetzen, damit sie weder die Fragen noch die Antworten ihrer Konkurrentin hört, hat dann aber fünf Sekunden länger Zeit zum Überlegen.

„Auf geht's, Vanessa! Erstens: Welche Ausrede benutzt man, wenn man eine Party vorzeitig verlassen will?"
„Mir ist schlecht."
„Zweitens: Was hört man im Radio?"
„Musik."
„Drittens: Womit kann man sein Haar stylen?"
„Lockenstab."
„Viertens: Was brennt in den Augen?"
„Wimperntusche."
„Und fünftens: Mit welchen Worten verabschiedet man sich?"
„Ciao."

Nun kommt Lisa an die Reihe. Doppelte Antworten sind nicht erlaubt, das heißt, wenn eine Tröte ertönt für die gleiche Antwort, muss Lisa etwas anderes sagen.

Herr Kachelmann beginnt erneut mit den gleichen Fragen. Lisas Antworten sind: „Kopfschmerzen", „Musik" – Tröööt –, „dann Nachrichten". „Gel", „Rauch" und „Tschüss".

Ich bin mir ziemlich sicher, dass Lisa insgesamt die besseren Antworten gegeben hat: Bestimmt ist ‚Gel' die Top-Antwort fürs Haarstyling, und sicher sagen mehr Leute ‚Tschüss' als ‚Ciao' zum Abschied.

„Lisa hat mehr Punkte geholt als Vanessa", glaubt auch Leonie. „Rauch brennt mehr in den Augen als Wimperntusche!"

Und damit haben wir beide recht, was sich bei der Auflösung zeigt. Herr Gravesen, unser Mathelehrer, hat die gegebenen Antworten der beiden auf einer großen Tafel untereinander notiert. Jetzt schreibt er die Prozentzahlen, die Herr Kachelmann nennt, daneben. Jeder kann also verfolgen, wie sich der Punktestand der Finalrunde entwickelt.

Nur mit „Musik“ hat Vanessa einen Volltreffer gelandet und weit mehr Punkte ergattert als Lisa. Bei der Frage nach dem Haarstyling ist es genau umgekehrt, und bei den übrigen Antworten liegt Lisa immer vor Vanessa, auch wenn bei der Frage „Was brennt in den Augen?“ „Zwiebeln“ die Top-Antwort gewesen wäre. Aber „Rauch“ rangiert auf Platz 2. Am Ende hat Lisa mit deutlichem Vorsprung gewonnen.

„Damit haben wir eine neue ‚Miss Eichenhof‘: Lisa aus dem ‚Erlenhaus‘! Herzlichen Glückwunsch!“

Ein Tusch ertönt, Theresa stöckelt auf die Bühne und überreicht ihrer Nachfolgerin, die nun doch noch einmal ihren Bademantel ablegt, die „Miss Eichenhof“-Schärpe, und setzt ihr ein kleines Goldkrönchen aufs Haar. Vanessa bekommt als Zweite ein Silberkrönchen und zwei Gutscheine fürs Kino, aber keine Schärpe. Und das war's. Der ganze Saal klatscht wie wild, „Lisa-Lisa-Rufe!“ ertönen, und die neue „Miss Eichenhof“ wird von zwei Klassenkameraden aus dem Saal getragen. Vanessa lächelt krampfhaft bei ihrem Abgang, obwohl auch sie viel Applaus erhält.

„Los, kommt, wir gehen hinter die Bühne!“

Isabell, die zusammen mit den anderen vorzeitig ausgeschiedenen Teilnehmerinnen das Ende der Show von seitlichen Plätzen aus verfolgt hat, schließt sich uns an. Sie ist zufrieden mit ihrem Abschneiden.

„Ich habe sowieso nur Didi zuliebe mitgemacht!“

Wir finden Vanessa in der Mädchengarderobe. *Ihre Augen sind irgendwie rot und ein wenig geschwollen.*

„Mensch, Vanessa, das war toll!“ Conny umarmt Ness spontan.

„Nein, war es nicht!“

„Doch“, widerspricht Conny. „Du bist Zweite geworden: Das ist super!“

„Ja, herzlichen Glückwunsch!" Auch wir anderen gratulieren, und Leonie setzt sich probeweise Nessies Silberkrönchen auf, das auf dem Tisch neben ihr liegt.

„Davon kannst du später deiner Tochter erzählen, dass du bei einer Miss-Wahl Zweite geworden bist!", meint Maja. „Und dann zeigst du ihr dein Krönchen! Die wird vielleicht stolz sein auf ihre Mama!"

„Quatsch", sagt Vanessa unwirsch. „Darauf braucht man überhaupt nicht stolz zu sein: Der Zweite ist der erste Verlierer." Sie presst die Lippen zusammen und zerknüllt ein Papiertaschentuch in ihren Händen.

„Aber Ness …", beginnt Conny.

„Kein ‚Aber'! Ich habe verloren. Und jetzt wäre ich euch sehr dankbar, wenn ihr wieder gehen würdet. Ich würde mich gern umziehen, ohne Zuschauer."

„Mann, Mann, Mann", sagt Leonie kopfschüttelnd, als wir den Flur entlanggehen. „Wie kann man nur so von Ehrgeiz zerfressen sein!"

„Arme Vanessa", ist Connys mitleidiger Kommentar. „Als ob es nur auf Schönheit und Erfolg ankäme!"

Da hat sie absolut recht. *Aber worauf kommt es eigentlich an? Dass man glücklich ist? Und was ist Glück? Dass man ein erfülltes Leben hat, einen Mann, Kinder, einen Beruf, den man gern ausübt? Dass man das tut, was Gott von einem erwartet? Dass man ein guter Mensch ist, was auch immer das heißen mag?*

Als wir den „Scheunensaal" verlassen, stolpere ich fast über Simon, der gebückt den Boden vor dem Gebäude absucht.

„Hast du was verloren?"

„Ja, eins von diesen Plastikteilen an meiner Brille. Hier, siehst du?"

Er hält mir seine Brille hin, es fehlt einer von den

beiden durchsichtigen Dingern, auf denen die Brille auf dem Nasenrücken sitzt.

„Das findest du im Dunkeln nicht wieder. Nie im Leben!"

„Das fürchte ich auch", seufzt Simon. „Na ja, egal. Trage ich sie eben so."

Vanessa hätte die Brille bestimmt gleich auf den Müll geschmissen und sich ein neues Gestell gekauft. Nein, sie hätte sowieso Kontaktlinsen getragen! Das bringt mich wieder auf die Frage nach dem Sinn des Lebens.

„Du, Simon, ich würde mich gern mal mit dir unterhalten. Was du glaubst, was wirklich zählt im Leben und so." Wenn der „Professor" keine Antworten darauf weiß, wer dann? Obwohl Intelligenz sicher auch nicht alles ist.

„Kein Problem, Hannah. Wann immer du möchtest."

Die anderen sind schon weitergegangen. Simon scheint sie nicht weiter zu interessieren, er ist halt kein Supermann.

„Warum nicht gleich jetzt?" Eine knappe Stunde bleibt mir noch, bis ich auf dem Zimmer sein muss. „Oder hast du noch was vor, Simon?"

„Nö, ich hab Zeit. Wollen wir rüber zur Pferdekoppel?"

„Einverstanden. Ich sag nur eben schnell Leonie Bescheid, dass ich später komme." Ich renne hinter den anderen her.

Simon und ich an der Pferdekoppel – das hört sich ja fast an wie ein Date! Aber es ist keine richtige Verabredung, wir wollen ja nur miteinander reden.

7. Nägel mit Köpfen

Simon lehnt sich neben mir an den Zaun der Weide. Die sechs Pferde grasen friedlich in einiger Entfernung, ihre Silhouette hebt sich schwach vor dem dunklen Himmel ab. Eins der Pferde wiehert leise und kommt langsam zu uns herüber, bleibt aber wieder stehen, ehe es ganz heran ist.

„Magst du Pferde?“, fragt Simon.

„Ja, schon. Pferde sind nett: Sie haben wunderschöne Augen, und ich streichle gern ihre Nasen. Aber ich kann nicht reiten.“

„Ich auch nicht. Aber das muss man ja auch nicht. Ich finde es am schönsten, wenn man ihnen nur zusieht, nicht, wenn man sie sich gefügig macht. Wobei es natürlich gut ist, sie als Nutztiere zu haben zum Transport von Lasten oder um Entfernungen zurückzulegen, bevor der Motor erfunden wurde. Aber sicher wolltest du dich nicht mit mir über Pferde unterhalten.“

„Nein, eigentlich nicht.“

Ich erzähle Simon von Vanessas Reaktion auf ihren zweiten Platz und was mir dabei durch den Kopf gegangen ist.

„Wie kann man glücklich werden? Was ist Glück? Was ist Erfolg? Ich möchte gern, wenn ich mal alt bin, auf mein Leben zurückblicken und sagen können: Ja, das war ein gutes, ein erfolgreiches Leben, ich habe alles richtig gemacht. Aber wie kommt man dahin?“

Simon nimmt seine Brille ab und putzt sie gedankenverloren. Sein Blick ist in weite Ferne gerichtet, ich glaube nicht, dass er irgend etwas von der Umgebung wahrnimmt.

„Ich habe mal was von Emerson gelesen. Kennst du Emerson?"

„Nein, wer ist das?"

„Ein amerikanischer Philosoph und Schriftsteller des letzten Jahrhunderts. Er hat gesagt: ‚Erfolgreiche Menschen leben gut, lachen oft und lieben viel. Sie haben eine Nische ausgefüllt und Leistungen vollbracht, um die Welt besser zu verlassen, als sie sie vorgefunden haben, während sie stets in anderen das Beste sehen und von sich das Beste geben.' Was sagst du zu dieser Definition eines erfolgreichen Lebens?"

„Das finde ich gut. Fröhlichkeit und Liebe sind sicher wichtige Faktoren, und dass man etwas Sinnvolles leisten soll, leuchtet mir ein. ‚In anderen stets das Beste sehen und von sich das Beste geben' – das ist schon ein bisschen schwieriger, finde ich. Aber man kann es versuchen. Das ist wie bei Jesus, nicht wahr? Der hat auch immer an das Gute im Menschen geglaubt."

Simon nickt. „Ja, und er hat sich über Vorurteile hinweggesetzt, zum Beispiel, als er mit dem Zöllner gegessen hat, der von allen anderen nur schief angesehen wurde. Wenn wir Jesus nacheifern, sind wir auf dem richtigen Weg."

Das glaube ich auch.

„Es ist schon toll, dass ich zu Gott gefunden habe durch das Unglück mit meinem Vater. Aber ich bin oft unsicher, wie man das umsetzen kann, was in der Bibel steht. Ich habe ja überhaupt erst letzten Herbst angefangen, mir Gedanken zu machen über Glauben und was damit zusammenhängt. Wahrscheinlich wäre es einfacher, wenn man in einer christlichen Familie aufgewachsen wäre ..."

Simon ist das auch nicht, wie er mir in unserem ersten Gespräch in der Marien-Kirche erzählt hat. „Wann hast du dich denn für ein Leben mit Gott entschieden?"

„Ich war dreizehn, als es bei mir so weit war. So lange ist das auch noch nicht her. Da war aber kein einschneidendes Erlebnis wie bei dir. Der Gedanke ist allmählich in mir gereift, wahrscheinlich, weil ich mich mit meinem Vater nicht verstand. Ich lehnte ihn und die Art, wie er lebt und wie er sein Geld verdient, total ab. Ihm ging es nur um Profit und noch mehr Profit. Die Moral bleibt da völlig auf der Strecke. Das werfe ich ihm auch heute noch vor."

„Wieso? Was macht er denn beruflich?"

„Er hat eine Reihe von Spielsalons."

Im ersten Moment muss ich an Billardhallen denken, aber die würden Simon sicher nicht so gegen seinen Vater aufbringen. Da muss mehr dahinterstecken.

„Was für Spielsalons denn?", hake ich nach.

„Solche, die den Leuten das Geld aus der Tasche ziehen. Geld, das viele gar nicht haben, die ihr Arbeitslosengeld verspielen, weil sie süchtig sind nach dem Kick, den das Spielen ihnen gibt." Simon hat die oberste Zaunlatte so fest umklammert, dass die Fingerknöchel weiß hervortreten.

„Du meinst Spielautomaten?"

„Ja."

„Ich habe mal einen Bericht im Fernsehen gesehen über solche Läden in Hamburg, waren ziemlich düstere Schuppen auf der Reeperbahn und in St. Georg."

Die Reeperbahn ist die Vergnügungsmeile auf St. Pauli, die wohl jeder Tourist kennt, und St. Georg ist das Viertel hinter dem Hauptbahnhof, wo es viele Dorgenabhängige gibt.

„Wenn es nur das wäre", seufzt Simon. „Wer dahin geht, weiß, worauf er sich einlässt. Aber die Salons meines Vaters sind auch in anderen gut-bürgerlichen Stadtteilen von Hamburg. Und von außen sehen sie ganz harmlos aus. Sicher bist du auch schon mal an einem vorbeigegangen. ‚Bielers Spielladen' steht oben drüber, eingerahmt von zwei grünen Kleeblättern (als Symbol für Glück statt für Abzocke)."

„Bielers Spielladen?" Ja, klar, ich erinnere mich. „Einer ist in Altona schräg gegenüber von ‚Mercado' in der Ottensener Hauptstraße, stimmts?"

„Gehört der, der gegenüber von ‚Mercado' ist, deinem Vater?" Simon nickt.

Das „Mercado" ist die Einkaufspassage in der Fußgängerzone von Altona mit einem großen Kaufhaus und kleineren Läden. Dort herrscht immer viel Betrieb. Es ist nicht „schick" dort, aber sehr lebendig, viele Ausländer prägen das Bild, vorwiegend Türken. Und an dem Spielsalon von Simons Vater bin ich tatsächlich schon oft vorbeigekommen, allerdings ohne mir etwas dabei zu denken.

„Ich wusste gar nicht, dass du Bieler heißt."

„Darauf bin ich auch nicht besonders stolz, noch weniger, dass Anton Bieler mein Vater ist. Konsum und Luxus sind seine Götzen, Fragen der Moral interessieren ihn nicht. Wir streiten fast jedes Mal, wenn ich zu Hause bin. Er meint, er sei nicht verantwortlich für die Spielsucht mancher Kunden. Er sei schließlich kein Drogenhändler, was er tue, sei ganz legal. Das ist seine Rechtfertigung."

Simon grinst schief. „Tja, und so bin ich zum Glauben gekommen. Das ist das einzig Gute daran. Ich denke, es ist so wie mit dem Rauchen: Wenn die Eltern starke Raucher sind, wird ihr Kind als Jugendlicher entweder automatisch Raucher, weil es nichts anderes kennt, oder aber es grenzt sich bewusst dagegen ab. Letzteres war bei mir der Fall. Ich wollte nicht so sein wie mein Vater und andere ausbeuten, deshalb habe ich nach etwas gesucht, das ganz anders war. Und bei Jesus habe ich es gefunden. So ist mir Gottes Wort wichtig geworden."

Das verstehe ich.

„Ich lese auch in der Bibel", sage ich zu Simon. „Am Anfang habe ich mal hier was und mal da was gelesen, aber es blieb doch Stückwerk. Im Januar habe ich ganz von vorn angefangen – ich wollte die Bibel Wort für Wort von Anfang bis Ende lesen. Bloß: Vieles, was ich da im Alten Testament gelesen habe, betrifft mein Leben gar nicht, und manches habe ich überhaupt nicht richtig verstanden. Dann habe ich mir einen Bibelleseplan zugelegt, das war schon viel besser, und ich habe auch im Internet mit Suchbegriffen gearbeitet, wenn mich bestimmte Themen interessierten oder ich Parallelstellen gesucht habe. Das war hilfreich."

Simon setzt seine Brille wieder auf und blickt zum Himmel empor. Leider ist es nicht sternenklar, sondern eher bewölkt. „Mir hat es sehr geholfen, es mit Gott festzumachen, dass ich mein Leben unter seiner Regie leben will. Erst seit meiner Taufe im April fühle ich mich so richtig als Christ: als neuer Mensch, könnte man auch sagen. Und es ist komisch: Seitdem komme ich auch besser mit meinem Vater klar. Ich verurteile immer noch, wie er sein Geld verdient, aber davon abgesehen kann ich ihm liebevoller begegnen. Ich bin nicht mehr so voller Hass."

Simons Taufe – ach ja, da war ich nicht dabei. Die war in den zwei Wochen, die ich bei Leonies Familie in Hannover verbracht habe. Ich hatte mir ja auch überlegt, mich vielleicht taufen zu lassen, aber dann fehlte doch der letzte Schritt. Bisher habe ich noch nicht mit Pastor Demeer darüber gesprochen. Aber jetzt, wo ich hier neben Simon an der Pferdeweide stehe, habe ich das Gefühl, es wäre dran: Es ist fast so, als würde Gott zu mir sprechen und mich daran erinnern, dass ich doch eigentlich ein neuer Mensch werden wollte ...

„Weißt du was", sage ich zu Simon, gerade, als der Mond hinter einer Wolke erscheint. „Ich glaube, es wird allmählich Zeit, dass ich genau wie du Nägel mit Köpfen mache. Ich werde mich auch taufen lassen, sobald wieder eine Taufe in der Marien-Kirche angesetzt ist!"

* * *

Gleich am nächsten Sonntag spreche ich Pastor Demeer nach dem Gottesdienst darauf an. Er freut sich über meine Entscheidung, möchte aber vorher ein längeres Gespräch mit mir führen. Wir einigen uns auf Mittwoch um 14.30 Uhr, an diesem Tag habe ich schon um 13.00 Uhr Schulschluss und keine AG, ich muss erst um sechzehn Uhr zu den „betreuten Hausaufgaben" wieder im Internat sein.

„Schön, Hannah, dann bis Mittwoch Nachmittag", verabschiedet mich Pastor Demeer.

* * *

Natürlich bin ich pünktlich. Kurz vor halb drei klingle ich am Pfarrhaus. Frau Demeer öffnet mir und bringt mich ins Arbeitszimmer ihres Mannes. Dort stehen eine Platte Streuselkuchen und wahlweise Kaffee oder Saft für uns bereit.

„Saft, bitte." Essen möchte ich nichts, ich bin noch

satt vom Mittagessen. Pastor Demeer fragt mich zuerst nach meinem Elternhaus. An das Unglück mit meinem Vater erinnert er sich noch, ich habe ja im Gottesdienst am vierten Advent in der Marien-Kirche der Gemeinde davon erzählt. Dass meine Mutter an Nierenkrebs gestorben ist, als ich noch ein Kindergartenkind war, tut ihm sehr leid. Doch er versucht nicht, es mit schönen Worten zu erklären, sondern kommentiert es überhaupt nicht, wofür ich ihm sehr dankbar bin. Ich denke nämlich, dass man es nicht erklären kann, und wenn jemand behauptet, dass das Gottes Wille war und nur zu meinem Besten, werde ich immer noch wütend.

Dann fragt mich Pastor Demeer, warum ich mich taufen lassen will. Klar, dass er feststellen muss, ob es mir ernst damit ist und nicht nur eine Augenblickslaune. Er muss gar nicht mehr viel zu dem Thema Taufe sagen, ich weiß ja, worum es geht, und so haben wir nach einer guten halben Stunde alles geklärt. Es steht allerdings noch kein Termin für den nächsten Taufgottesdienst fest, weil sich nach dem letzten bisher niemand weiter angemeldet hat. Und die Einzige, die sich taufen lässt, möchte ich nicht sein, da warte ich lieber, bis es wieder mehrere Täuflinge gibt. Insgeheim hoffe ich darauf, dass sich vielleicht noch ein Teenager dafür entscheidet, so wie Simon, und außer mir nicht nur Babys getauft werden.

„Ich freue mich über deine Entscheidung, Hannah“, sagt Pastor Demeer und lächelt mich an. „Nachdem ich dich jetzt ein wenig besser kenne, wird es nicht schwierig sein, einen passenden Taufspruch für dich zu finden.“ Dann fragt er mich, ob es mir recht sei, wenn er zum Abschluss unseres Gespräches ein kurzes Gebet spricht, und mit diesen Segensworten bin ich entlassen.

„Nimm noch ein Stück Kuchen mit auf den Weg, dann freut sich meine Frau.“

Kauend gehe ich zur Bushaltestelle hinüber. Der Kuchen schmeckt gut, Demeers sind wirklich liebevolle, warmherzige Menschen, und ich bin froh, zu ihrer Kirchengemeinde zu gehören.

8. Wikinger, wir kommen!

Bisher habe ich nur Conny davon erzählt, dass ich mich taufen lassen will. Simon weiß es ja ohnehin. Sie strahlt über das ganze Gesicht.

„Mensch, Hannah, das ist super! Ich freu mich so für dich. Wann ist die Taufe denn?"

„Das weiß ich noch nicht. Pastor Demeer sagt mir Bescheid, wenn es wieder einen Taufgottesdienst gibt. Vielleicht Ende Juni, wahrscheinlich aber erst nach den Sommerferien."

Simon sitzt jetzt nicht mehr für sich, wenn wir im Gottesdienst der Marien-Kirche sind, sondern neben mir. Mit Conny hat er sich ebenfalls ein wenig angefreundet. Sie mag ihn, auch wenn er mit seiner ruhigen, ernsten Art nicht gerade ein Knaller ist und ich insgeheim den Verdacht hege, dass die anderen, besonders Daniel und Dorothea, ihn für einen Langweiler halten. Aber das ist er nicht, ich kann mich wunderbar mit ihm unterhalten.

„Stille Wasser sind tief", meint Conny augenzwinkernd und fügt noch hinzu: „Wer weiß, was sich daraus alles noch entwickelt!"

„Wieso? Was soll sich denn entwickeln? Also, verliebt bin ich in Simon nicht, falls du das denkst!"

„Aber er vielleicht in dich?"

„Du spinnst! Warum sollte Simon denn in mich verliebt sein? Wir sind nur gute Freunde."

„Und euer Treffen an der Pferdekoppel, an einem romantischen Abend im Mai?", hakt Conny nach.

„Von wegen romantisch! Wir haben bloß geredet."

„Und mehr war nicht? Ehrlich nicht?"

„Ne, wir haben nicht mal Händchen gehalten!"

„Na ja, was nicht ist, kann ja noch werden", sagt sie und grinst mich an, worauf ich ihr ganz spontan die Zunge herausstrecke.

Natürlich ist gar nichts dran an Connys Verdacht. Trotzdem geht mir nicht aus dem Kopf, was sie gesagt hat. Könnte es sein, dass Simon irgendwann mehr für mich ist als ein Kumpel? Würde ich mir das vielleicht sogar wünschen? Er ist nicht so ein Traumtyp wie Vincent, klar, aber dass Vincent und ich mal ein Liebespaar sein werden, ist so wahrscheinlich wie Rosinenbrötchen mit Salami als neue Verkaufsidee. Oder wie Würstchen mit Schlagsahne, um es noch krasser zu sagen.

In Simons Gegenwart fühle ich mich einfach wohl, und ihm geht es anscheinend genauso. Aber er hat nie irgendwelche Andeutungen gemacht, dass er mich besonders anziehend findet. Andererseits hat er keine feste Freundin, das weiß ich, und wenn ich so darüber nachdenke, dann ist mir der Gedanke gar nicht unangenehm, wenn mehr aus unserer Beziehung würde. Aber dazu müsste natürlich mal was von ihm kommen, in dieser Richtung, meine ich. Und bisher war da eben nichts.

In drei Wochen ist das Pop-Konzert von „Blue" in Hannover, für das ich zwei Karten habe. Eigentlich wollte ich mit Leonie gehen, aber gesagt habe ich ihr noch nichts davon. Ich könnte natürlich auch Simon fragen, aber wahrscheinlich ist „Blue" nicht so sein Ding. Und wie sieht das aus, wenn ich die Initiative ergreife? Ne, zuerst ist er dran. Und wenn nicht, dann nicht, Leonie wird sich sicher freuen mit mir hinzugehen.

„He, Hannah, träumst du?" Leonie stößt mich mit dem Ellenbogen an. „Ich hab dich was gefragt!"

„Entschuldige, ich war grad nicht bei der Sache. Was hast du gefragt?"

„Ich wollte wissen, was du in den Sommerferien machst. Ist dein Vater da? Fährst du nach Hamburg, oder macht ihr zusammen irgendwo Urlaub?"

„Nö, wahrscheinlich klappt das nicht. Papa wird wohl nur ein paar Tage in Hamburg sein, wenn überhaupt. Ich überlege schon die ganze Zeit, ob ich mich vielleicht für die Sommerfreizeit anmelden soll."

Es ist so üblich im „Eichenhof", dass für alle Internatsschüler, die in den Sommerferien nicht nach Hause fahren, eine zweiwöchige Ferienreise angeboten wird. Dieses Jahr soll es mit drei oder vier Lehrern nach Schweden gehen, in ein Holzhaus am See mit mehreren Paddel- oder Ruderbooten. Bald ist Anmeldeschluss.

„Mach das doch, Hannah! Das wird bestimmt lustig. Letztes Jahr in Norwegen hatten alle einen Mordsspaß, hat Jenny erzählt. Yvonne war auch mit, und aus unserer Klasse Benny und Berti. Und Philipp. Mann, was haben die Jungs für Blödsinn gemacht! Aber Herr Gravesen hatte alles im Griff, bis auf die eine Fahrt zu irgendso einem Fjord. Da ist dem Bus mitten in einem dieser langen norwegischen Gebirgstunnel das Benzin ausgegangen, die Benzinuhr war defekt. Mann, Mann, Mann, das war ganz schön gefährlich!"

„Und was haben sie da gemacht?"

„Das weiß ich nicht mehr genau. Jedenfalls ist nichts passiert, und in Schweden gibt es, soweit ich weiß, keine dunklen Tunnelröhren, falls dir das Sorgen macht."

„Ne, das ist nicht das Problem. Aber ich hab mal rumgefragt, wer diesmal mitfährt. Vom ‚Lindenhaus' jedenfalls nur Midori, alle anderen machen auf Familie, auch Jenny und Yvonne. Und von euch kommt ja auch keiner mit."

„Das ist doch nicht weiter schlimm. Auf Vanessas Gesellschaft kannst du bestimmt gut verzichten, und dass Isa und ich weg sind, war ja klar. Wer fährt denn von den Jungs mit?"

„Aus unserer Klasse Philipp und Matze, soweit ich weiß. Und Jonas wohl auch."

„Der ist doch gar nicht übel! Vielleicht war sogar die eine Valentinskarte, die du gekriegt hast, von ihm. Das hast du doch auch geglaubt, oder?"

„Ja, aber mehr hat sich nicht draus ergeben."

„Und was ist mit Vincent und den älteren Jahrgängen?"

„Keine Ahnung. Ich kann doch nicht gut im Speisesaal von Tisch zu Tisch gehen und fragen. Aber der Blödmann Steffen aus unserer Theatergruppe hat sich angemeldet, das wird echt nervig, und eine ganze Reihe von den jüngeren Jahrgängen. Ich werde mal Simon fragen, was der dazu meint."

„Hört, hört! Du erwähnst Simon ziemlich oft in letzter Zeit. Sag mal: Ist da was im Busch?"

Jetzt fängt Leonie auch noch an!

„Quatsch! Was ihr immer gleich alle denkt. Wir reden miteinander, das ist alles."

Leo zieht vielsagend die Augenbrauen in die Höhe, sagt aber nichts mehr.

„Ich weiß nicht, ob es diesmal eine gelungene Freizeit wird. Und ich habe auch noch nicht rausgekriegt, welche Lehrer die Gruppe begleiten. Da wird ja ein großes Geheimnis draus gemacht. Ich würde aber gern vorher wissen, auf wen ich mich einlasse. So eine Reise steht und fällt doch auch mit den Lehrern."

Leonie fährt sich mit beiden Händen durchs Haar. „Soll ich mich mal ein bisschen umhören?“, bietet sie an. „Bestimmt kriege ich was raus, was dir weiterhilft. Es wäre doch schade, wenn du in den Ferien hier im Internat hockst, weil du denkst, in Schweden wären nicht die richtigen Leute dabei, und dann ist es womöglich doch eine Supertruppe und du langweilst dich hier zu Tode.“

„Versuchen kannst du's ja. Vielleicht bringt es was.“

Jedenfalls finde ich es sehr nett von Leonie, dass sie sich für mich so viel Mühe gibt. Sie selbst hat ja nichts davon.

* * *

Ich weiß, wann Simons Informatik-AG zu Ende ist, und warte auf ihn vor dem Schulgebäude. Er ist in ein Gespräch mit einem anderen Oberstufenschüler vertieft, als er aus dem Haus kommt, verabschiedet sich aber sofort, als sein Blick auf mich fällt.

„Hannah! Schön, dich zu sehen.“

Wir schlendern hinüber zum Bauerngarten und setzen uns auf eine der Bänke. Ich bringe unser Gespräch gleich auf die Sommerfreizeit und erläutere mein Problem: dass ich mir nicht sicher bin, ob ich mitfahren soll.

„Ich habe keine Ahnung, wer die Begleitungslehrer sind. Wenn es Frau Mayer und Herr Wollschläger wären, dann wär' alles klar, aber so –“

Simon grinst mich an.

„Was das betrifft: Ich habe eine gute und eine schlechte Nachricht für dich. Die schlechte zuerst: Dein Klassenlehrer, Herr Wollschläger, begleitet die Sommerfreizeit nicht. Das steht fest.“

„Und die gute?"

„Die beiden männlichen Lehrer, die mitfahren, sind in diesem Jahr –" Hier legt er eine Kunstpause ein. „Es sind –"

„Nun mach's nicht so spannend, Simon! Sag es endlich, wenn du was weißt!"

„Herr Brückner und Herr Kachelmann."

Zufrieden lehnt er sich zurück.

„Herr Brückner und Herr Kachelmann? Das ist okay!"

Herr Brückner, der Leiter unser Theater-AG, ist Halbitaliener und eher ein temperamentvoller Typ. Da wird die Reise bestimmt nicht langweilig. Und Herr Kachelmann ist auch in Ordnung, soweit ich das beurteilen kann. Jedenfalls war er als Moderator bei der Miss-Wahl sehr sympatisch, und als bekennender Quizfan wird er sich schon was einfallen lassen für die Gruppenabende.

„Cool! Das ist wirklich eine gute Nachricht. Woher weißt du das eigentlich?"

„Kann ich leider nicht verraten. Aber ich habe da so meine Quellen."

„Und das ist sicher?"

„Hundertpro. Kannst dich drauf verlassen."

„Und wer fährt von den Lehrerinnen mit?"

„Tut mir leid, da bin ich überfragt. Aber ich kenne noch jemanden, der mitfährt. Jemand, der sich freuen würde, wenn du dich auch dazu entschließen würdest."

„Und der wäre?"

„Ich!"

„Du machst die Schweden-Freizeit mit?!" Ich bin sprachlos. Simon, der Einzelgänger! Und er würde sich freuen, wenn ich auch mitkäme?! Heißt das nur, dass ihm unsere Gespräche wichtig sind, oder steckt mehr dahinter?

„Und – wie ist es? Meldest du dich nun auch an?"
„Werd' ich wohl. Aber nur wegen dem Brückner und dem Kachelmann", behaupte ich.
Simon wirft mir einen prüfenden Blick zu, dann grinst er wieder. „Alles klar!"

* * *

Leonie taucht erst zum Abendbrot wieder auf und reckt kurz den Daumen in die Höhe, ehe sie sich an den Tisch setzt.
„Ich weiß es schon", raune ich ihr zu.
„Was weißt du?" Sie sieht mich irritiert an und angelt sich eine Scheibe Käse. „Später", murmele ich, denn ich will die Neuigkeit, dass der Brückner und der Kachelmann die Schwedenreise leiten und Simon und ich mitfahren, nicht hier vor versammelter Mannschaft verkünden. Nachdem wir gegessen und abgeräumt haben und die anderen sich in den Gruppenraum zurückziehen, um fernzusehen, verschwinden wir kurz in unserem Zimmer. „Wir kommen gleich", rufe ich Conny, Lissy und Isa zu. „Müssen nur schnell was besprechen!"
„Also", beginnt Leonie, bevor ich etwas sagen kann. „Um es kurz zu machen: Frau Dr. Peters-Obst kümmert sich um die Mädchen. Sag bloß, das hast du auch rausgefunden?"
Ich schüttele den Kopf.
„Ne, das ist mir neu."
Frau Dr. Peters-Obst kenne ich nur vom Sehen, aber sie gilt als beste Deutschlehrerin des Internats und ist bei den Oberstufenschülern sehr beliebt. Dann kann sie wohl nicht total unsympathisch sein, auch wenn sie wie eine typische Oberstudienrätin aussieht: lang und dünn, mit klassisch geschnitte-

nen Röcken und Schuhen mit flachen Absätzen. Sie betreut auch die Schülerzeitung, und im neuen Schuljahr will ich versuchen, in die Schülerzeitungs-AG zu kommen.

„Hört sich gut an."

„Ich weiß aber noch mehr: Jennys Freundin Mascha fährt mit, die kennst du doch, und einige Ältere sollen sich auch angemeldet haben, zum Beispiel Charlotte, die Dritte der Miss-Wahl, und der lange Nils, der beim Faschingsfest den dritten Preis für die beste Kostümierung bekommen hat. Es sind also nicht bloß Kleine dabei. Aber jetzt kommt das Beste – halt dich fest – Vincent will auch mit! Na, was sagst du nun?!"

„Ich habe mich schon angemeldet, gerade bevor du ins ‚Lindenhaus' gekommen bist."

„Waas? Wieso denn das? Ha, jetzt wird mir alles klar!" Leonie schlägt sich mit der flachen Hand vor die Stirn. „Jemand anders hat dir erzählt, dass Vincent mitfährt! Das hast du vorhin gemeint mit: ‚Ich weiß es schon'!"

„Da bist du auf dem Holzweg, Leo! Was ich inzwischen weiß, sind die Namen der männlichen Begleitungslehrer. Und außerdem fährt Simon mit."

„Aha, der große Schweiger. Schau an! Na, dann ..."

Leonie rutscht von ihrem Bett, auf dem sie mit untergeschlagenen Beinen gesessen hat, und durchquert das Zimmer. „Los, komm, der Film fängt an!"

„Bist du irgendwie sauer auf mich?"

„Nö, nicht die Spur. Ist ja schön, dass du weißt, was du willst, auch ohne meine Hilfe."

„Ich bin dir wirklich dankbar, Leo. Es ist super, dass du für mich rausgefunden hast, welche Lehrerin die Mädchen begleitet. Und dass Mascha mitfährt und so."

„Geschenkt!“, winkt sie ab. „Ich bin bloß neugierig, was du erzählst, wenn du wieder zurück bist. Ich würde wetten, dass sich irgendwas ergibt, entweder mit Vincent oder mit Jonas oder meinetwegen auch mit diesem Simon. Du hast die längste Zeit deines Lebens solo verbracht, liebe Hannah. Das hab ich im Gefühl!“

* * *

Am Ende haben sich sechsundzwanzig Schüler für die Schweden-Freizeit angemeldet. Genau die Hälfte davon gehören zu den Älteren: Simon, Nils und Vincent, Charlotte und ihre Freundin Sandra, dann Steffen, Mascha, Midori und Jenny, und aus unserer Klassenstufe außer mir Matze, Philipp und Jonas.

Jenny hat noch kurz vor Anmeldeschluss ihre Meinung geändert und kommt nun doch mit, statt mit ihren Eltern in Urlaub zu fahren. Einerseits freue ich mich darüber, denn Jenny ist nett. Andererseits befürchte ich aber, dass sie und Mascha ständig zusammenhocken werden und sich auch ein Zimmer teilen wollen. Dann bleibt für mich nur die stille Midori, wenn ich bei den beiden nicht das fünfte Rad am Wagen sein will. Ich bin sowieso gespannt, wie das mit der Zimmerverteilung wird. Es soll in dem Schwedenhaus Zwei- und Vierbettzimmer geben und insgesamt Platz für zweiundzwanzig Leute. Mit den Lehrern sind wir aber dreißig, das heißt, dass acht von uns im Garten zelten müssen. Das ist nun gar nicht mein Ding, aber es haben sich schnell genügend Freiwillige gefunden, die Camping offenbar prima finden, z. B. Matze und Philipp.

„Ist doch kein Problem, wenn man die Duschen im Haus benutzen kann!“

Na gut, sollen sie zelten, Hauptsache, ich habe ein richtiges Bett und ein Dach über dem Kopf.

Zu Frau Dr. Peters-Obst hat sich noch Mademoiselle Petite gesellt, die bei der Miss-Wahl in der Jury saß. Solange sie nicht von uns verlangt, dass wir Französisch sprechen müssen, geht das für mich in Ordnung.

Leider ist es doch nicht Herr Brückner, der mitfährt, denn eine Woche vor Reisebeginn bricht er sich dummerweise das linke Bein und wäre damit nur sehr bedingt einsatzfähig. Stattdessen erklärt sich Herr Gravesen nach kurzer Bedenkzeit bereit, noch einmal wie schon im letzten Jahr die Betreuung der Jungen zu übernehmen, zusammen mit Herrn Kachelmann. Mir wäre der temperamentvolle Brückner lieber gewesen: Herr Gravesen ist ein typischer Mathelehrer – ruhig, sachlich und ein bisschen langweilig. Na ja, da kann man nichts machen.

* * *

Wir fahren mit zwei Internatsbussen, denn außer uns Reiseteilnehmern muss auch das ganze Gepäck mit: unsere Reisetaschen und Rucksäcke, die Zelte, die Isomatten und Luftmatratzen sowie unzählige Kartons mit Vorräten: Spaghetti in rauen Mengen, genauso viele Packungen Reis, stapelweise Dosen mit Gemüse und Eintöpfen, Schwarzbrot, Marmelade, Honig, Nutella, eingeschweißte Wurst- und Käsescheiben, Paletten mit H-Milch und Saft, Dutzende Mineralwasserflaschen und was man sonst noch so braucht, um dreißig Personen zwei Wochen lang zu verköstigen. Wenn wir die Sachen mitnehmen, brauchen wir nur noch wenige Lebensmittel in Schweden selbst kaufen, das in dieser Hinsicht ein ziemlich teures Land ist.

Morgens früh um fünf Uhr geht es los. Wir haben rund sechshundert Kilometer Autofahrt vor uns, bis wir in Frederikshavn fast ganz im Norden von Dänemark sind. Um viertel vor elf müssen wir da sein, eine Stunde vor Abfahrt der Fähre nach Göteborg.

„Barbarisch“, murmelt Philipp und blinzelt unausgeschlafen mit kleinen Augen in die Dämmerung. „Mitten in der Nacht zu starten!“

Auch die meisten anderen schlurfen gähnend zu den Bussen. Vielleicht kann man auf der Fahrt ein bisschen Schlaf nachholen ...

Zuerst geht's Richtung Hamburg, meine alte Heimat, dann weiter auf der A 7 nach Flensburg bis zur dänischen Grenze. Langsam regen sich die müden Geister.

„Wie spät isses denn?“

„Viertel nach sieben.“

„Immer noch viel zu früh ... Und so was nennt sich Ferien!“

Frau Dr. Peters-Obst hat unsere Ausweise eingesammelt, um sie beim Grenzübergang vorweisen zu können. Aber keiner der Beamten will sie sehen, unsere beiden Busse werden einfach unkontrolliert durchgewinkt.

Es geht zügig voran, die ersten packen ihre Butterbrote aus. Matze schlürft geräuschvoll seinen Kakao.

„Mensch, benimm dich!“

Ich sitze neben Midori in dem Bus, der von Herrn Gravesen gefahren wird. In der Reihe vor uns sitzen Nils und Simon. Nils hat die Augen geschlossen und die langen Beine schräg in den Gang gestreckt, dass jeder über sie hinwegsteigen muss, der seinen Platz verlässt. Simon liest. Ich kann über seine Schulter linsen und stelle fest, dass es sich um ein Sachbuch handelt, eine geschichtliche Abhandlung über die Entstehung keltischer Bräuche, soweit ich sehen kann. Matze und Philipp flätzen sich auf der anderen Seite des Ganges und spielen nach dem Frühstück Karten, Jonas hat sich zurückgelehnt und die Kopfhörer seines Walkmans aufgesetzt, man hört die Bässe bis zu uns durch. Nachdem die meisten nun wach sind, schlägt Herr Gravesen vor, Fahrtenlieder zu singen – „‚Wir lagen vor Madagaskar' oder ‚Alle, die mit uns auf Kaperfahrt fahren'" –, stößt damit aber auf keinerlei Gegenliebe. Selbst die Jüngeren, die weiter vorn sitzen, lehnen das einhellig ab – „Wir sind doch nicht mehr im Kindergarten!" – und holen lieber ihre Walkmen und Gameboys heraus. Die unterschiedlichen Geräuschkulissen bringen natürlich Unruhe in den Bus. Jonas verdreht die Augen und stellt seinen Walkman lauter.

„Gut, dass wir endlich da sind", meint Simon zu Nils. Als wir schließlich den Fährhafen von Frederikshavn erreicht haben, klappt er sein Buch zu und reckt sich.

Uns bleibt noch eine gute Stunde Zeit, bis die Fähre um 11.50 Uhr ablegt, und so können wir uns ein wenig die Beine vertreten, obwohl draußen ein ungemütlicher Wind weht. Die meisten schlendern zum Rand des Hafenbeckens. Das Wasser, das gegen die Kaimauer klatscht, ist grau und trübe, auf den Wellen weiter draußen sind weiße Schaumkronen zu sehen.

„Oh Gott, oh Gott, wenn ich das schon sehe!", sagt Jenny neben mir. „Wahrscheinlich hänge ich die ganze Zeit über der Reling und gebe mein Frühstück wieder von mir", jammert sie. „Ich werde schrecklich schnell seekrank! Warum habe ich mich nur auf diese Reise eingelassen?! Es ist immer wieder dasselbe: Ich kann einfach nicht Nein sagen, wenn Mascha mich um etwas bittet!“ Seufzend hakt sie sich bei ihrer Freundin unter und wendet sich ab.

Aber die knapp dreieinhalbstündige Überfahrt ist gar nicht schlimm: Stampfend durchpflügt die „Jutlandica“ das Meer und liegt dabei so massiv im Wasser, dass man gar keine schaukelnden Schiffsbewegungen spürt. Selbst Jenny kann ihr Frühstück bei sich behalten und wagt sogar einen kleinen Mittagsimbiss.

Um halb vier rollen unsere beiden Busse von der Fähre. Jetzt liegen noch einmal gut 260 Kilometer Fahrt in Schweden vor uns, bis wir den Glafsfjorden und unser Ferienquartier erreicht haben.

„Also, das Wetter ist hier eindeutig besser als in Dänemark“, sage ich zu Simon. Ich habe den Platz mit Nils getauscht und sitze jetzt neben ihm. Da können wir uns besser unterhalten. Ich freue mich auf die vor uns liegenden zwei Wochen, und da bin ich sicher nicht die Einzige. Mehrere Siebtklässler haben sich ihre Wikingerhelme von unserem Faschingsfest aufgesetzt und albern herum. Nur Jonas hat schlechte Laune, warum auch immer. Ich habe den Verdacht, dass es seine Laune nicht gerade hebt, mich neben Simon zu sehen, denn immer mal wieder schickt er missmutige Blicke zu uns herüber. Komisch, abgesehen vom Unterricht und den betreuten Hausaufgaben hatten Jonas und ich in den letzten Monaten keinen großen Kontakt. Na ja, einmal haben wir zusammen Tischtennis gespielt, ein Doppel mit zwei anderen, und hinterher hat er mir eine Cola spendiert, weil wir gewonnen hatten. Aber das war's auch schon. Hmm.

Wir fahren Richtung Vänersborg, am großen

Vänersee vorbei und kommen nach Värmland. Die ganze Gegend ist unglaublich platt. Kleine Ortschaften wechseln mit Weiden, Feldern und Wald.

„Stinklangweilig“, meint Matze nach einem Blick aus dem Fenster. Auch bei den Kleineren hat die Begeisterung merklich nachgelassen, zu lange schon sind wir unterwegs. Einige spielen Gameboy, andere hängen nur lustlos in ihren Sitzen. Allmählich macht sich wieder Müdigkeit breit.

Frau Dr. Peters-Obst erhebt ihre Stimme: „Es ist nicht mehr weit. Gleich biegen wir Richtung Arvika ab, dem Hauptort von Värmland. Er hat ungefähr 15000 Einwohner.“ Das interessiert nun wirklich niemanden.

„Arvika liegt am nördlichen Ufer des Kyrkviken“, fährt sie fort. „So heißt die Bucht des Glafsfjorden, an dessen südlicher Seite unser Haus liegt.“ Sie hat eine Landkarte von Värmland herumgehen lassen. Der Glafsfjorden ist ein großer, langgestreckter See, der wie ein Fjordarm aussieht. Im Nordosten hat er allerdings hinter einer Enge einen dicken „Bauch“, die fast kreisförmige Kyrkviken-Bucht.

„Also müssen wir gar nicht mehr ganz bis nach Arvika. Ich schätze, es sind nur noch rund 25 Kilometer.“

Das ist mal ’ne erfreuliche Ansage! Inzwischen habe auch ich keine Lust mehr auf die ewige Fahrerei, ich will nur noch ankommen.

„Wir hätten auch mit der Fähre von Dänemark nach Oslo fahren können“, sagt Simon. „Von dort über die Grenze nach Schweden wäre es ein Katzensprung gewesen. Aber die Fährfahrt dauert die ganze Nacht, dann hätte man Kabinen buchen müssen, und das wäre sicher zu teuer geworden für dreißig Mann.“

Gegen halb sieben haben wir unser Ziel fast erreicht, ein letztes Mal fahren wir durch einen ziemlich ausgedehnten Kiefernwald, dann öffnet sich das Waldstück zu einem großen offenen Gelände, und wir sind da. Am Glafsfjorden, wo nicht weit entfernt vom Ufer der Kyrkviken-Bucht ein zweistöckiges rotes Schwedenhaus in der Abendsonne steht.

„Yippee!"

Es sieht wirklich schön aus, mit einem weißgestrichenen Holzvorbau über der Eingangstür, dem umlaufenden Terrassengeländer und den ebenfalls weißen Sprossenfenstern. „Hus Skogsbär" verkündet ein Holzschild neben der Klingel.

„Gibt es hier Bären?", fragt einer der „Zwerge" mit großen Augen.

„Ja", lacht Mademoiselle Petite. „Aber nur welche mit zwei ‚E'. ‚Skogsbär' 'eißt ‚Waldbeere', wie mir das Wörterbuch 'at verraten!"

„Schade", meint Philipp. „Aber vielleicht gibt es hier Elche?"

Das kann natürlich sein.

Wir dürfen einmal kurz das ganze Haus besichtigen, ehe es an die Zimmerverteilung und das Ausladen der Busse geht. Im Erdgeschoss gibt es ein großes Wohnzimmer mit einem riesigen Kuschelsofa über Eck und mehreren Sesseln, sowie einen alten Kachelofen. Toll! Daneben liegt das noch größere Esszimmer mit einem langen Kieferntisch, Armlehnstühlen an den Stirnseiten und geschnitzten Holzbänken über die gesamten Längsseiten. Die Küche hat einen Gasherd, einen großen Kühlschrank und – gottlob! – einen Geschirrspüler. Wir drängen an zwei Toiletten vorbei zur Treppe, die ins Obergeschoss führt. Dort sind die Schlafräume: drei Vierbettzimmer, ein großes Zimmer für sechs und nur zwei schmale Zweibettzimmer, von denen eins natürlich für Frau Dr. Peters-Obst und Mademoiselle Petite reserviert ist.

Alle Räume haben Etagenbetten und ein Waschbecken in der Nische zwischen Hochbett und Kleiderschrank. Das mit den Waschbecken ist vielleicht ganz praktisch, denn am Ende des Flures gibt es nur zwei kleine Waschräume mit Duschen und Toiletten. Wenn man es genau bedenkt, ist alles nicht viel anders als im „Eichenhof".

Wir versammeln uns im Esszimmer und quetschen uns auf die Holzbänke. Wenn wir eng zusammenrücken und noch einen weiteren Tisch aus dem Wohnzimmer hineinstellen, können wir wahrscheinlich alle gemeinsam essen.

„Mann, habe ich einen Kohldampf", murmelt Matze.

Herr Gravesen räuspert sich. „Ruhe mal bitte! Frau Dr. Peters-Obst und ich haben die Zimmerverteilung folgendermaßen festgelegt." Er blickt kurz von seiner Liste hoch. „Diskussion zwecklos!", teilt er uns noch mit, ehe er die Namen und die dazugehörigen Zimmer vorliest.

Im Sechserzimmer werden die Mädchen der Klassenstufen 5, 6 und 7 untergebracht. Ins Vierbettzimmer daneben sollen Simon, Nils, Vincent und Steffen. Das wird nicht einfach für Simon, der im Internat in einem der „Waldhäuser" ein Einzelzimmer hat. Und dann auch noch mit der Nervensäge Steffen! Aber da muss er durch.

Das Vierbettzimmer gegenüber ist für Mascha, Jenny, Midori und mich. Insgeheim haben Mascha und Jenny sicher auf das begehrte Zweibettzimmer gehofft, doch das geht an Charlotte und Sandra. Das letzte Vierbettzimmer bewohnen die unteren Jahrgänge der Jungen. Die übrigen sechs – drei

Achtklässler, sowie Matze, Philipp und Jonas – sind die freiwilligen Camper. Auch Herr Gravesen und Herr Kachelmann werden zelten, denn im Haus ist kein Platz mehr für sie. Aber so können sie ein Auge auf die Camper haben, dass sich keiner nachts davonschleicht und irgendwelchen Blödsinn anstellt.

Eigentlich ist die Aufteilung gelungen. Midori möchte gern unten schlafen, also nehme ich das obere Etagenbett. Während wir unsere Sachen im blau lackierten Kleiderschrank verstauen, werden unten bereits die Tische gedeckt. Gekocht wird heute nicht, dazu sind wir von der langen Fahrt zu sehr geschlaucht. Mir tun nur die Jungen leid, die anschließend ans Abendbrot noch die Zelte im Garten aufbauen müssen.

Ich weiß nicht, wann ich je um neun Uhr abends ins Bett gegangen bin. Dabei ist es draußen noch nicht einmal dunkel! Selbst auf einen kurzen Spaziergang am See verzichte ich, schließlich ist morgen auch noch ein Tag.

9. Ein Stein im Wasser

Am nächsten Morgen nach dem Frühstück wollen wir ein Stück des Sees und die nähere Umgebung von „Hus Skogsbär“ erkunden. Die Jungen, die in den Zelten übernachtet haben, machen auch heute nicht gerade einen ausgeschlafenen Eindruck: Man muss sich wohl erst an das Camperleben gewöhnen!

„Mann, diese Mücken!“, stöhnt Philipp und kratzt sich ausgiebig. „Das war ja furchtbar! Ich konnte gar nicht richtig schlafen.“

„Ach, hab dich nicht so“, meint Mascha. „Mücken gehören in Schweden nun mal dazu. Das weiß doch jedes Kind!“

„Aber doch nicht so viele!“, beschwert sich Philipp.

„Außerdem muss das eine besonders aggressive Art sein, Verwandte der berühmt-berüchtigten Moskitos“, unterstützt Matze seinen Freund. „Mich haben sie auch gestochen, und wie!“ Zum Beweis hält er uns seinen linken Arm entgegen, der ungefähr ein Dutzend rote Pusteln aufweist. „Den anderen Arm hatte ich zum Glück in meinem Schlafsack.“

Jonas hat komischerweise keinen einzigen Mückenstich.

„Hab eben kein süßes Blut“, sagt er achselzuckend.

„Aber du riechst komisch!“ Jenny schnuppert an seinen nackten Armen, die aus dem T-Shirt ragen. „Was meinst du, Mascha?“

Schließlich muss Jonas zugeben, dass er gestern Abend alle bloßen Hautstellen mit einer Mückensalbe eingerieben hat.

„Und das sagst du erst jetzt!“ Wütend tritt Philipp gegen einen großen Stein, der im Garten liegt.

„Garten“ trifft es eigentlich nicht ganz, denn es gibt hier nirgendwo gepflanzte Blumen. Unser Haus steht auf einem Naturgrundstück, außer „kleinem Kroppzeug“, wie es Matze formuliert, wächst nicht viel. Waldbeeren können wir auch keine entdecken, aber vielleicht muss man die im angrenzenden Kiefernwald suchen. Bei unserem Sparziergang schlagen wir die entgegengesetzte Richtung ein und folgen einem kleinen Pfad, der direkt zum See führt. Er hat ein schilfiges Ufer, ab und zu liegen flache Felssteine verstreut.

An einer von Bäumen geschützten Stelle entdecken wir vier umgedrehte Kanus und ein Ruderboot, das an einem kleinen Steg festgemacht ist.

„Damit könnten wir zu der Insel fahren“, sagt Matze und zeigt mit seinem mückenzerstochenen Arm auf eine kleine bewaldetet Insel, die direkt gegenüber wie ein schmaler Hügel aus dem Wasser ragt.

„Was meint ihr: Wie weit ist die Insel weg? Fünfhundert Meter, sechshundert? Also, höchstens einen Kilometer, würde ich sagen!“

Mir fällt es total schwer, solch eine Distanz einzuschätzen. Aber es ist auch nicht die einzige Insel in der Kyrkviken-Bucht. Auf unserem weiteren Bummel am Ufer des Sees entlang entdecken wir nach jeder Biegung neue kleine Inseln im Glafsfjorden. Ein Stück voraus sind Vincent, Charlotte und Sandra unterwegs. Vincent hat den Arm um Charlottes Schultern gelegt.

„Also, für Liebespaare ist das hier ideal: Für jedes Pärchen eine eigene Insel, wo man ganz ungestört ist. Abgesehen von den Mücken natürlich“, sagt Philipp und schlägt zu. Aber heute Vormittag hält sich die Mückenplage in Grenzen.

„Willst du nicht auch mal mit Simon eine kleine

Bootsfahrt unternehmen, Hannah? Ihr seid euch doch gestern schon nahe gekommen“, stichelt Jonas. Leider fällt mir nicht sofort eine schlagfertige Antwort ein, aber da raschelt es links von uns im Gebüsch und Steffen bricht wie ein röhrender Hirsch daraus hervor.

„Ich bin ein Elch, ein schwedischer Elch!“, schreit er und blökt mehrfach so, wie er sich die Lautäußerungen eines Elches vorstellt.

„Ne, du bist ein deutscher Blödmann“, stellt Jenny klar. Wir Mädchen haben erst mal genug gesehen und machen uns auf den Rückweg zum Haus. Dort haben die kleineren Mädchen, die „Mäuse“ und „Meisen“, die zusammen mit Frau Dr. Peters-Obst unterwegs sind, auf der Seite zum Wald hin Blaubeeren entdeckt, die sie pflücken dürfen, und auch einige Pilze, die sie nicht sammeln dürfen.

„Wahrscheinlich sind sie essbar, aber man weiß ja nie!“

Außer durch Mücken oder eine Pilzvergiftung droht uns hier keine Gefahr, und so machen wir uns einen gemütlichen Tag in der freien Natur. Den haben wir uns verdient nach der ganzen Fahrerei gestern. Nur wer zum Kochen und zum Tischdienst eingeteilt ist, muss gegen Mittag ins Haus. Wir anderen können weiter in der Sonne faulenzen, bis jemand auf die Idee kommt, dass es doch nett wäre, draußen zu essen und wir mit anpacken müssen, um den großen Esstisch, die Holzbänke und etliche Stühle nach draußen zu schleppen.

„Was gibt's denn?“, erkundigt sich der ewig hungrige Matze.

„Nudeln mit Gulasch aus der Dose, verfeinert mit Dosentomaten, und zum Nachtisch Dosenpfirsiche!“

So oder so ähnlich werden wohl fast alle unsere Mittagsmahlzeiten aussehen, es sei denn, es gelingt uns, Fische aus dem See zu angeln. Vincent und zwei Jungen aus der achten Klasse – Oliver und Konstantin, kurz Stan genannt – versuchen ihr Anglerglück den ganzen Nachmittag über, haben aber keinen Erfolg. Simon hat sein Buch fertig gelesen und fragt mich, ob wir ein wenig Kanu fahren wollen, aber als wir an die Stelle kommen, wo die Kanus lagen, ist keins mehr da. Die „Zwerge" dürfen nur in Begleitung eines Lehrers Kanu fahren, also müssen die Älteren damit unterwegs sein.

Wir entdecken Mascha, Midori und Jenny, die ziemlich im Zickzack in Ufernähe den See entlangpaddeln und zu uns herüberwinken, was das Kanu gefährlich zum Schaukeln bringt, und Philipp und Matze in einem zweiten. Offenbar wollen sie die Insel ansteuern.

Bleibt nur das Ruderboot. Aber das ist mit einem Schloss gesichert, und wir wissen nicht, wo der Schlüssel dazu aufbewahrt wird. Nils kommt in seinen Badeshorts angerannt und stürzt sich direkt neben uns ins Wasser, um prustend wieder aufzutauchen und mit kräftigen Armbewegungen um die Landzunge zu unserer Rechten zu kraulen.

„Wollen wir auch schwimmen gehen?", fragt Simon.

Ich teste mit dem Fuß das Wasser.

„Ne, viel zu kalt."

Wir schlendern zurück zum Grundstück am Haus, wo Herr Kachelmann inzwischen für die restlichen Freizeitteilnehmer ein Volleyballspiel organisiert hat. Simon und ich machen eine Weile mit, aber zu weiteren Aktivitäten können wir uns heute nicht mehr aufraffen.

Abends wird in der Nähe des Sees an einer felsigen Stelle ein Lagerfeuer entzündet, für das die Kleineren das Holz gesammelt haben. Wir sitzen drumherum, rösten Kartoffeln in der Asche und Vincent, Mascha und Simon klimpern abwechselnd auf der Gitarre, bis uns die Mücken, die sich weder an dem Feuer noch an dem Rauch stören, ins Haus treiben.

Es ist noch zu früh, um schlafen zu gehen, deshalb schlägt Herr Kachelmann einen Spieleabend vor. Er hat im Wohnzimmer eine reichhaltige Sammlung von Spielen entdeckt – „Mensch, ärgere dich nicht", „Monopoly", „Elfer raus" und „Fang den Hut" – das kann man alles auch auf Schwedisch spielen. Dazu gibt es etliche Kartenspiele, selbst ein Schachspiel ist vorhanden. Bei unserem ersten Rundgang war uns nicht aufgefallen, dass es zwar einen gemütlichen Kachelofen gab, aber keinen Fernseher. Also muss man sich anders beschäftigen.

Um halb elf sollen wir mit unseren Spielen zum Ende kommen, denn morgen früh um acht ist das Frühstück angesetzt. Danach steht eine kombinierte Paddelwanderung auf dem Programm, und Herr Gravesen will nicht mit müden Kriegern losziehen. Schade, ich war gerade dabei, für meine Häuser auf der Beethovenstraße und dem Opernplatz ordentlich Miete zu kassieren, aber so hat Sandra gewonnen, die die Schlossallee und drei Bahnhöfe besitzt.

* * *

„Ich will paddeln!"

„Ich auch!"

Herr Gravesen überhört die Zwischenrufe der „Zwerge" und fährt ungerührt fort, alle Freizeitteilnehmer in zwei Gruppen einzuteilen: die Paddler und die Wanderer. „Am Endpunkt wird sowieso getauscht. Dann wandern die Paddler zurück und die Wanderer übernehmen die Kanus."

Ich gehöre auf dem Hinweg zu den Wanderern, Simon zu den Paddlern. Da kann man nichts machen.

„Wandern wir um den halben See?", will Lucy wissen, eine pummelige „Meise" mit einem Krauskopf voller dunkelroter Locken.

„Ne, da wärst du mindestens eine Woche unterwegs und würdest dir Blasen an den Füßen holen", klärt Nils die Kleine auf. „Der Glafsfjorden ist ziemlich groß, weißt du."

„Aber wie weit wandern wir denn?"

„Nur bis zur ‚Humblekil Näse', das ist nicht so weit", erklärt Frau Dr. Peters-Obst munter. Sie steht neben Mademoiselle Petite, und die zwei sehen aus wie Pat und Patachon: Frau Dr. Peters-Obst in ihrer ganzen Länge und robusten Wanderklamotten und die kleine elegante Mademoiselle Petite in Shorts und Riemchen-Sandalen. Sie klettert zu Vincent und Mascha ins Kanu und wird wahrscheinlich das Paddeln den beiden überlassen und den schönen Vormittag auf dem Wasser genießen.

„Auf geht's!", kommandiert Herr Kachelmann und setzt sich an die Spitze unserer Gruppe. Am Anfang macht es noch Spaß, wir sind neugierig, was einen nach der nächsten Wegbiegung erwartet. Vielleicht begegnen wir ja auch einem Elch, der zum Wasser will? Doch kein Elch lässt sich blicken, und die Landschaft ändert sich auch kaum: Weidenröschen und niedriges Strauchwerk landeinwärts, Moose und Flechten am Weg, Schilf und flache Steine am Ufersaum. Das Wasser glitzert in der Sonne, die Kanus sind nicht mehr zu sehen, nur die eine oder andere kleine Insel taucht im Glafsfjorden auf. Es wird immer heißer, auch die Mücken sind wieder unterwegs, und Herr Kachelmann hat alle Mühe, seinen Trupp bei Laune zu halten. Manchmal können wir nicht einmal direkt am See entlanggehen, sondern müssen einen kleinen Umweg in Kauf nehmen.

„Mann, ist das öde!"

Außer auf dicke rote Waldameisen stoßen wir auf keinerlei Tiere, nur einmal springt direkt vor uns ein Hase auf und rast in wildem Zickzackkurs davon. Nach zwei Stunden sind wir endlich am Ziel, wo wir mit großem Hallo von den Kanuten erwartet werden.

„Wir haben zwei Biber im Wasser gesehen!"

„Quatsch, das waren Otter, du Dussel!"

Die Insassen des letzten Kanus behaupten sogar, einen Elchbullen gesehen zu haben: „Als wir durch die Enge gepaddelt sind! Der war gar nicht weit weg vom Ufer – allerdings war es die andere Seite der Kyrkvikenbucht –, er hat an einer Birke geknabbert!"

Wir sind skeptisch, aber Herr Gravesen bestätigt die Geschichte: Er hatte den Elch auch gesichtet. Wir können nur unseren flüchtenden Hasen ins Feld führen. Die Paddler klettern jetzt aus den Booten und überlassen sie den Wanderern.

„Wir nehmen dieses!" Matze schnappt sich ein Kanu und hält es fest, während Emma aus der Fünften, Oliver aus der Achten und ich hineinklettern. „Die, die jetzt wandern müssen, werden sich noch wundern, wie anstrengend der Rückweg wird", meint er mit einem Blick zur hochstehenden Sonne und reicht mir ein Paddel.

Wir wechseln uns beim Paddeln ab und machen unsere Sache nach kurzen Anfangsschwierigkeiten ganz gut, wie ich finde. Nur die Mücken nerven, sie sind auf dem Wasser noch zahlreicher als an Land.

Ein bisschen schwierig wird es, als wir die Enge passieren müssen, die den Glafsfjorden von unserem Teil des Sees, dem Kyrkviken, trennt. Hier können die Kanus nur einzeln hintereinander durch, und man muss Abstand halten, sonst gibt es leicht einen Crash.

„Pass auf! Gleich sitzen wir am Ufer fest – nach rechts, Mann, nach rechts!“

„Stop! Sonst rammen wir die anderen! Mensch, Olli, dies ist kein Go-Cart!“

„Alter Schwede: Das war knapp!“

Aber dann ist auch das geschafft, und in der Kyrkviken-Bucht kann jedes Team wieder paddeln, wie es will.

Wir landen in der Bucht vor unserem Haus, als vom Fußtrupp noch lange nichts zu sehen ist. Da trifft es sich gut, dass ein Teil der Rückfahr-Kanuten mit dem Küchendienst dran ist. Aber wahrscheinlich hat Herr Gravesen als erfahrener Freizeitbetreuer das extra so eingerichtet. Heute gibt es Gemüserisotto.

„Ich freue mich schon auf die Köttbullar“, meint Philipp. „Die ess ich so gern!“

Köttbullar – kleine Hackbällchen – mit Rahmsoße, Preiselbeeren und Kartoffeln sind ein typisch schwedisches Gericht, aber durch IKEA auch in Deutschland sehr bekannt. Wir haben alles Nötige dafür mitgebracht – ALDI sei Dank!

„Die soll es laut Speiseplan morgen geben.“

Verschwitzt treffen die Wanderer ein, gerade als das Essen fertig ist.

„Meine Füße qualmen vielleicht!“, stöhnt Konstantin, Olivers Kumpel, und lässt sich auf die Holzbank plumpsen. Auch die anderen sind ziemlich erschöpft, und der Mineralwasserkonsum steigt in ungeahnte Höhen.

Nach dem Essen faulenzen wir. Nicht einmal zum Ballspielen hat jemand Lust. Später gehen einige schwimmen, und diesmal versuchen Nils, Steffen und Jonas ihr Anglerglück. Dann ist es ausgerechnet Steffen, der den ersten Fisch fängt – einen ganz schönen Brocken – und brüstet sich damit, als sei er d e r Experte für Fischfang. Dabei weiß er nicht einmal, was er da geangelt hat, und kommt ganz schön ins Stottern, als wir danach fragen.

„Das ist ein Hecht“, erklärt Herr Gravesen angesichts der spitzen Zähne des Fisches. Nur hat keiner Ahnung davon, wie man einen Hecht zubereitet, bis Mademoiselle Petite die Bildfläche betritt.

„Isch mache eine leckere Essen ’eute Abend“, bietet sie an. „Eine original französische Rezept.“

Für alle reicht es nicht, aber die meisten wollen auch gar keinen Fisch zum Abendbrot: „Da sind bestimmt Gräten drin!“

Nun ja, ein Hecht ist ein Hecht und kein Fischstäbchen, aber mir schmeckt meine Miniportion. Mademoiselle Petite vesteht offenbar etwas vom Kochen.

Nach dem Essen schart sie im Wohnzimmer die Jüngeren um sich und liest ihnen aus der nordischen Mythologie vor. Ich schaue Midori über die Schulter, die mit zarten Pinselstrichen kleine kunstvolle Landschaftsaquarelle malt, und höre mit halben Ohr zu, wie Mademoiselle Petite mit ihrer melodischen Stimme vom Beginn der Welt erzählt. Hier gibt es keinen wohlmeinenden Schöpfer, sondern einen bösartigen Eisriesen als Urvater, und Gewalt ist an der Tagesordnung.

Die Kleinen lauschen gebannt, aber mich stört es, dass Mademoiselle Petite so tut, als sei es wirklich so gewesen. Sie hätte ja auch aus der Bibel vorlesen können, da gibt es genügend spannende Begebenheiten. Mir kommen die Sonntagvormittage in der Marien-Kirche in den Sinn und wie traurig es im Grunde ist, dass von den fast hundertfünfzig Internatsschülern gerade mal eine Handvoll regelmäßig in den Gottesdienste geht: Simon, Conny und ich, und dann noch zwei kleinere Mädchen. Die meisten Jüngeren, die auf dem „Eichenhof" leben, haben vermutlich nur wenig Ahnung vom christlichen Glauben. Schade eigentlich ...

* * *

Am nächsten Tag lehnen wir es einhellig ab, wieder am See zu wandern. Auch der Vorschlag von Herrn Gravesen, in den Bus zu steigen, um von einem anderen Ausgangspunkt zu einer „netten kleinen Wanderung" zu starten, stößt auf Ablehnung.

„Das sieht doch überall gleich aus! Egal, an welchem See wir rummarschieren."

„Genau! Überall ist bloß Natur – Wiesen, Wälder und Seen!"

„Und Mücken!"

Selbst die Mückensalbe von Jonas hilft nicht mehr richtig. „Wahrscheinlich haben sich die Biester an den Geruch gewöhnt."

„Wir können ebenso gut hier bleiben."

Und das machen wir dann auch. Baden, ein bisschen Kanufahren, mit dem Ruderboot, dessen Schlüssel wir im Schuppen zusammen mit den Rudern gefunden haben, die „Liebesinsel" ansteuern, angeln und faulenzen – das ist das Ferienprogramm, nicht nur für heute, sondern für die nächsten Tage.

Die „Liebesinsel" bietet zwar nicht viel Abwechslung, ist aber dennoch ein beliebtes Ziel für Paare.

Wirklich sicher sein, dass man ungestört ist, kann man natürlich nicht, trotzdem stelle ich es mir romantisch vor. Vincent und Charlotte waren schon am zweiten Tag drüben und sind erst drei Stunden später wieder aufgetaucht, Nils und Sandra haben sich gestern Abend samt Boot verdrückt, und Jonas hat heute tatsächlich Jenny dazu überredet, sich von ihm hinüberrudern zu lassen. Hinterher wollte sie partout nicht verraten, was sie dort gemacht haben. Ob Simon mich wohl auch einmal fragt?

Er liegt bäuchlings neben mir auf der Decke und liest in der Bibel, ab und zu macht er sich Notizen am Rand. Ich muss wieder daran denken, was mir die ganzen letzten Tage im Kopf herumgegangen ist, immer, wenn ich die Kleinen zusammen mit Mademoiselle Petite und ihrem Vorlesebuch gesehen habe.

Ich stupse Simon von der Seite her an.

„Du, darf ich dich mal stören?"

„Ja, klar." Er dreht sich auf die Seite und klappt seine Bibel zu.

„Sag mal: Du hast doch die Predigten von Pastor Demeer gehört, die du an den beiden Sonntagen für mich und Conny aufgenommen hast, als wir Stubenarrest hatten?", beginne ich.

„Ja, aber ich erinnere mich nicht mehr, was für Themen das waren."

Ich weiß es noch genau, weil ich die Kassette mehrfach gehört habe. „Die erste war die Dusch-Predigt, und bei der zweiten hat er davon gesprochen, dass man Gottes Wort weitergeben und andere Menschen für den Glauben gewinnen soll."

„Dusch-Predigt?" Jetzt ist Simon ein wenig irritiert.

„Ja, er hat am Anfang erzählt, wie viel Überwindung es ihn morgens kostet, wenn er duscht, am

Ende den Wasserstrahl auf ganz kalt zu stellen. Wie angenehm es ist, unter der warmen Dusche zu stehen und dass er am liebsten darauf verzichten möchte, am Schluss noch mal eiskalt zu duschen. Dass das aber wichtig sei, damit man hellwach wird und auch, weil sich dann die Poren schließen und man anschließend nicht friert. Und dann hat er von den Leuten aus Laodizea erzählt, die lau sind, und aus der Offenbarung zitiert, dass Gott alle ausspucken will, die sich nicht für heiß oder kalt entscheiden wollen."

„Meinst du: ‚Weil du aber lau bist, weder heiß noch kalt, will ich dich aus meinem Mund ausspeien'? Offenbarung 3, glaube ich."

„Genau! Das hat mir sehr zu denken gegeben, und ich habe mich oft gefragt, ob ich auch vielleicht ‚lau' bin: zu sehr damit beschäftigt, es mir möglichst angenehm zu machen, nicht engagiert genug, nicht bereit, Unannehmlichkeiten auf mich zu nehmen. Und wenn man die nächste Predigt mit dazunimmt, dann heißt das doch eigentlich, dass man auf andere zugehen und sich die Mühe machen soll, ihnen vom eigenen Glauben und von Gott zu erzählen, auch auf die Gefahr hin, dass man damit aneckt."

„Worauf willst du hinaus, Hannah?"

„Ich habe mir überlegt, dass es vielleicht eine gute Idee wäre, hier in dieser entspannten Atmosphäre etwas für die Jüngeren auf die Beine zu stellen: so eine Art christlicher Jugendkreis. Ganz freiwillig, natürlich: Wir kündigen das an, und wer Lust hat, macht mit. So ums Lagerfeuer herum vielleicht, mit ein paar Liedern mit Gitarrenbegleitung. Was hältst du davon?"

„Ja, klingt gut. Aber meinst du, wir kriegen das hin, so ganz allein ohne Pastor?"

„Warum nicht? Es gibt doch anschauliche Beispiele genug! Natürlich müssen wir uns vorher schon ein paar Gedanken machen, worüber wir reden, was wir den Kleinen vermitteln wollen. Aber ich könnte doch zum Beispiel von der Rettung meines Vaters erzählen und wie ich danach beschlossen habe, auch für mein weiteres Leben auf Gott zu vertrauen. Im Internat weiß das doch kaum jemand. Und das wäre doch schon mal ein guter Anfang."

Simon nickt.

„Und wir könnten das Lied singen, mit dem der zweite Gottesdienst beendet wurde, den du mir auf Kassette aufgenommen hast: ‚Ins Wasser fällt ein Stein, ganz heimlich, still und leise. Und ist er noch so klein, er zieht doch weite Kreise. Wenn Gottes große Liebe in einen Menschen fällt, dann wirkt sie fort, in Tat und Wort, so wie es ihm gefällt.' Das ist doch eine gute Idee, hier am See ‚einen Stein ins Wasser zu werfen', symbolisch gesprochen, und zu sehen, was daraus wird!"

Simon lacht. „Du bist ja wirklich Feuer und Flamme, Hannah! Das finde ich toll. Klar machen wir das! Das Gitarrespielen übernehme ich, das ist kein Problem. Der Song hat keine so schwierige Melodie. Und wenn es nicht hundertprozentig richtig ist, macht das auch nichts."

* * *

Ich bin sehr gespannt, wer sich alles einfinden wird zu unserem christlichen Jugendkreis. Unter dem Motto „Ein Stein im Wasser – und was dann passiert" habe ich die Einladung für alle Zehn- bis Dreizehnjährigen auf ein großes Blatt Papier geschrieben und an den Kühlschrank gepinnt. Bis auf Steffens Kommentar: „Was soll denn der Dummfug?!“, habe ich nur positive Reaktionen bekommen, aber ich weiß natürlich nicht, wie viele nun wirklich zu dem angebotenen Treff kommen werden.

Heute ist der große Tag, und ich bin schon sehr nervös. Simon und ich haben entschieden, auf ein Lagerfeuer zu verzichten: Das würde zu sehr ablenken. Stattdessen haben wir ein gutes Dutzend Steine gesammelt, die meisten hühnerei- bis faustgroß, aber auch ein paar kleinere, und sie an einer von Büschen geschützten Stelle am Seeufer zu einem Haufen aufgeschichtet. Außerdem habe ich rote Pfeile aufgemalt und aus Papier ausgeschnitten und damit als Wegweiser einen Pfad vom Haus zum See gelegt, damit alle den Treffpunkt finden.

Um 18 Uhr soll es losgehen, um zehn vor sechs machen Simon und ich uns zu unserem Steinhaufen auf. Er drückt kurz meine Hand.

„Wird schon schiefgehen, Hannah!“

Ein paar Minuten später kommen die Ersten vom Haus herunter. Ich sehe Lucy mit ihren roten Haaren, sie hat sich bei ihrer Busenfreundin Emma eingehakt. Dahinter zwei weitere Mädchen, dann eine Gruppe kleinerer Jungen.

„Das sind schon sieben“, sagt Simon und drückt erneut meine Hand.

Olli und Stan schlendern über das Gelände. Ob sie auch zu uns wollen? Und dann rennt noch Maxi, der Jüngste von allen, hinter den anderen her.

Bis auf Olli und Stan nehmen alle auf den Sitzpolstern Platz, die wir im Gras verteilt haben.

„Also“, beginnt Stan. „Olli ist dreizehn und wollte sich das hier mal anschauen. Ich bin aber schon vierzehn, und nun wollte ich mal fragen, ob ich auch dabei sein kann. Weil auf der Einladung stand: für alle Zehn- bis Dreizehnjährigen."

„Klar kannst du bleiben. Ich wollte damit nur erreichen, dass die Teilnehmer unseres kleinen Kreises nicht zu alt sind, ich bin ja selbst erst fünfzehn." Vielleicht hätte ich lieber von Klasse 5 bis Klasse 8 schreiben sollen. Jetzt tauchen auch noch Matze und Philipp auf, aber das geht mir dann doch zu weit.

„Könnt ihr nicht lesen? Ihr seid nicht eingeladen!"

„Wir wollen auch gar nicht mitmachen, Hannah. Wir wollten nur mal sehen, wie du das hier so managst."

Darauf kann ich nun wirklich gut verzichten.

„Lass sie doch eine Weile zuhören", meint Simon. „Vielleicht bringt es ihnen was. Sie können sich ja ein bisschen weiter weg setzen."

„Na schön. Da drüben könnt ihr meinetwegen bleiben. Aber wehe, ihr macht blöde Bemerkungen!"

Ich stelle mich neben den Steinhaufen, um meine Gäste zu begrüßen. Von dem Sechserzimmer der Mädchen sind vier gekommen, das Viererzimmer der kleineren Jungen ist komplett vertreten, dazu noch Stan und Olli. Das sind zehn von dreizehn: nicht schlecht!

„Ich bin Hannah, wie die meisten von euch sicher schon wissen, und das ist Simon. Vielleicht sagt auch jeder von euch einmal kurz seinen Namen."

Zu Lucy und Emma gehören Lena und Kati, die Jungen heißen Alexander, Mark, Torben und Maximilian – „aber alle sagen Maxi zu mir!" – und dann noch Olli und Stan.

„Was ist das nun mit dem Stein, von dem in der Einladung die Rede war?", kommt Olli gleich zur Sache.

„Das müsst ihr selbst herausfinden", sage ich und

gebe Simon ein Zeichen. Der nimmt einen der Steine und wirft ihn in den See.

„Was ist jetzt passiert?"

„Da ist ein Stein ins Wasser geflogen", sagt Torben trocken.

„Richtig. Und was noch?"

„Der ist jetzt weg", stellt Emma fest.

„Vielleicht ist er ja einem Fisch auf den Kopf gefallen, und den können wir dann zum Abendbrot essen", meint Maxi hoffnungsvoll.

„Ne, die Fische haun doch ab, wenn ein Stein ankommt. So kann man keinen zur Strecke bringen", weist ihn Stan zurecht.

„Guckt noch mal genau hin und sagt mir, was ihr außer dem Stein noch seht", bitte ich.

„Da sind Kreise, die über das Wasser laufen", sagt Lena, als Simon den dritten geworfen hat.

„Genau! Und das ist der springende Punkt. Der Stein ist nicht mehr zu sehen, sobald er auf die Wasseroberfläche trifft, aber er löst die Wellenbewegung aus, diese Kreise, von denen Lena gesprochen hat." Wir probieren es auch mit den kleineren aus, und selbst bei denen entstehen die kreisförmigen Wellen.

„Könnt ihr euch ein anderes Ereignis vorstellen, das passiert und noch weitreichende Konsequenzen hat?"

Wir sammeln die genannten Beispiele – ein Autounfall mit Verletzten, die ins Krankenhaus kommen; Eis, das man auf den Pullover gekleckert hat, den man dann waschen muss; nicht gelernte Vokabeln, was eine verhaune Klassenarbeit nach sich zieht und vielleicht sogar die Versetzung gefährdet –, dann schlage ich den Bogen zu Gott und seiner Liebe. „Wenn Gott einem Menschen seine besondere Liebe schenkt, dann zieht das auch Kreise. Es gibt da ein Lied, das ausdrückt, was ich meine. Hört mal zu."

Simon spielt wie geplant „Ins Wasser fällt ein Stein" auf der Gitarre und singt den Text dazu. Aber noch ist das ja alles blanke Theorie.

„Ich will euch mal erzählen, wie das bei mir war. Ich habe nämlich anfangs überhaupt nicht an Gott geglaubt." Ich berichte von meinem Anfang auf dem „Eichenhof", von Conny, die mir erste Denkanstöße gegeben hat, wie ich zum ersten Mal einen Gottesdienst der Marien-Kirche besucht habe und allmählich den Eindruck gewann, dass Gott etwas bewirkt. Und dann erzähle ich von dem schrecklichen Schiffsunglück, bei dem mein Vater gerettet wurde, und wie ich dadurch zum Glauben fand. An der Stille um mich herum und den großen Augen merke ich, wie beeindruckt meine Zuhörer sind.

„Und das ist nicht irgendeine Geschichte aus einem Buch, das habe ich wirklich erlebt", betone ich.

„Meinst du das Buch, aus dem Mademoiselle Petite uns immer vorliest?", fragt Kati.

„Zum Beispiel."

„Ach", Emma macht eine wegwerfende Handbewegung, „ist doch klar, dass das nur ausgedacht ist. Wir wissen doch alle, dass Gott die Welt geschaffen hat und nicht Odin, und dass Adam und Eva die ersten Menschen waren, und nicht dieser böse Ymir."

Die anderen nicken.

„Aber es ist spannend, was da so passiert", wirft Torben ein. „Ein bisschen wie ‚Herr der Ringe', wo auch die Guten gegen die Bösen kämpfen und es viel Gewalt gibt."

Simon fragt, was sie denn sonst noch aus der Bibel kennen – die Arche Noah wird zuerst genannt, dann Mose im Weidenkörbchen, die ägyptischen Plagen

– nicht alle und auch nicht ganz richtig –, dann noch Josef und seine Brüder und natürlich Jesus. Das ist ja schon mal was. Er nimmt seine Notizen zur Hand und liest ein paar wesentliche, einfach zu verstehende Grundsätze der Bibel vor, an denen deutlich wird, dass Gott uns liebt und das Beste für die Menschen will. Und dass wir seine Liebe weitergeben sollen an andere Menschen.

Dann darf jeder als Symbol dafür einen der Steine nehmen und ins Wasser werfen, und Simon stimmt noch einmal das Lied vom Stein an, der weite Kreise zieht. Ich habe den Text vorher viermal aufgeschrieben und verteile die Zettel, damit jeder mitlesen oder auch mitsingen kann.

Fast alle tun es, besonders Maxi singt voller Inbrunst mit. Danach spreche ich zum Abschluss noch ein kurzes Gebet, in dem ich nur darum bitte, dass Gott uns beschützt. „Amen."

„Und bitte mach, dass es nicht so viele Mücken gibt. Amen", fügt Lucy ihrerseits leise hinzu.

„Das war toll, Hannah", erklärt Emma und steht auf. „Ich wäre gestorben vor Angst, wenn das meinem Vater passiert wäre."

„Ich finde es super, dass alles gut ausgegangen ist", ergänzt Kati. „Und dass du jetzt ganz fest an Gott glaubst. Das freut ihn bestimmt."

Olli und Stan sagen nichts, aber man sieht ihren nachdenklichen Gesichtern an, dass meine Geschichte auch bei ihnen, den Ältesten unseres Kreises, Spuren hinterlassen hat.

„Machst du nächste Woche noch mal so einen Treff für uns?", fragt Alexander.

„Oh ja", betteln Emma und Lena. „Und dann musst du uns wieder eine ganz spannende Geschichte erzählen, eine, die echt ist!"

Ich freue mich über diese Bitte, hatte aber eigentlich keine Fortsetzung geplant. Was nun?

„Ihr könnt ja gucken, ob am Kühlschrank ein neuer Termin hängt."

Damit habe ich mich nicht endgültig festgelegt. Ich sehe zu Simon hinüber, der mir ermunternd zunickt. Vielleicht fällt uns ja noch mal etwas ein, was wir den Jüngeren anschaulich darstellen und mit auf den Weg geben können. Eigentlich müssten wir das schaffen, Simon und ich. Es darf nur kein zweiter Aufguss werden, der meine Zuhörer enttäuscht. Ich würde es gern versuchen, und hoffe, dass es uns mit Gottes Hilfe gelingt.

Während die zehn zum Abendbrot zum Haus hoch gehen, kommen Matze und Philipp zu uns herüber. Die hatte ich völlig vergessen!

„Nicht schlecht, ihr beiden, gar nicht schlecht!" Matze klopft mir unbeholfen auf den Rücken. „Hätten wir nicht besser machen können, was, Phil? Mal abgesehen davon, dass unsere Alten noch nie in so 'ner Gefahr geschwebt haben wie deiner ..."

„Nur weiter so", meint auch Philipp anerkennend. „Macht irgendwie Sinn, was ihr gesagt habt. Aber jetzt müssen wir essen fassen. Los, Matze, komm!"

10. Mein neues Leben

Unsere zweite Ferienwoche am Glafsfjorden unterscheidet sich hauptsächlich durchs Sportprogramm von der ersten. Herr Kachelmann organisiert jeden Tag irgendwelche Wettbewerbe, damit wir nicht zu sehr unser „Faulenzerleben“ mit Angeln, Baden und Sich-Sonnen genießen. Es gibt zum Beispiel ein Wettrudern und eine Inselrallye mit den Kanus, wobei immer ein älterer und ein jüngerer Freizeitteilnehmer zusammen eine Mannschaft bilden und mehrere Inseln hintereinander ansteuern müssen. Zum Beweis, dass sie wirklich auf jedem Inselchen waren, müssen sie Plastikfrüchte vorweisen, die vorher dort deponiert wurden. Auch Volley-, Fußball- und Federballmatches sind feste Programmpunkte, sowie eine Erkundung des Waldes, wobei wir in Gruppen losziehen und verschiedene Pflanzenarten und Baumfrüchte wie Kiefernzapfen sammeln müssen. Alles nicht unbedingt das Wahre!

Wir bummeln durch Arvika und besichtigen das Museum der Rackstads-Künstlerkolonie, was eigentlich nur Midori gefällt, und sind froh, als wir wieder Freizeit haben und jeder machen kann, was er will. Die meisten wollen nur abhängen, höchstens noch zu zweit zur „Liebesinsel“ fahren. Das würde ich auch gern, mit Simon. Aber der macht keinerlei Anstalten, in dieser Hinsicht tätig zu werden. Er ist wie immer, ein guter Kumpel, mit dem man sich prima unterhalten kann, und das ist alles. Ich bin schon ein bisschen enttäuscht.

Als Abwechslung zu den üblichen Reis-Nudeln-Dosen-Eintopfmahlzeiten grillen wir einmal draußen

„Biffs", Beefsteaks, die hier in Schweden fast papierdünn sind, dafür aber ziemlich teuer. Ein Highlight war das auch nicht gerade.

Das ist schon eher der Spiele- und Quizabend, den Herr Kachelmann organisiert: Zuerst spielen wir in Gruppen „Tabu", wo einer den Begriff auf einem Kärtchen so erläutern muss, dass die anderen ihn möglichst schnell erraten. Zum Beispiel das Wort „Sandkorn". Aber auf dem Kärtchen stehen auch Wörter, die man bei seiner Erklärung nicht benutzen darf, z. B. „Strand" und „klein". Die sind „tabu", was es natürlich nicht ganz einfach macht. Als Preise gibt es Tüten mit Gummibärchen und sonstigen Süßigkeiten.

Dann werden wir zu „Montagsmalern": Hier müssen die zu ratenden Begriffe gezeichnet werden, was zu viel Gelächter führt. Zuletzt hat Herr Kachelmann noch „Wer wird Millionär?" vorbereitet, bei dem die Fragen auf die einzelnen Altersstufen zugeschnitten sind. Lucy bekommt beispielsweise die Frage: „Wer hilft einer Müllerstochter beim Spinnen von Stroh zu Gold?" – „(A) Frau Holle, (B) Aschenputtel, (C) Rumpelstilzchen, (D) Der Froschkönig" und entscheidet sich richtig für C.

Oliver schlägt sich mit der Frage herum, ob Bambi im Disney-Film ein Braunwinkreh, ein Weißwedelhirsch, ein Schwarzschwenkelch oder ein Graufächelwapiti ist, und nimmt zur Sicherheit den Publikumsjoker: Mehr als zwei Drittel sind für den Weißwedelhirsch. Steffen soll beantworten, wer die Glühbirne erfunden hat. Der Fiftyfifty-Joker hilft ihm auch nicht weiter: „Bell oder Edison, Bell oder Edison ... Ich nehme Bell!" *So ein Idiot!*

Simon wird mehrfach als Experten-Joker befragt und liegt immer richtig mit seinen Tipps – „Steinway ist ein Konzertflügel!" –, aber die „Million" – eine prall gefüllte Tüte mit Süßigkeiten – räumt Nils ab, weil er die englische Vokabel „Trawl" richtig dem deutschen „Fischernetz" zuordnet. Wir klatschen alle Beifall. Er verbeugt sich nach allen Seiten, gibt dann aber zu, dass er es nicht wirklich gewusst habe: „Aber ein Trawler ist ein Fischereifahrzeug, da lag das nahe!" Da hätte man wirklich draufkommen können, besonders ich, als Tochter eines Kapitäns! Ich habe es nur auf zweiunddreißigtausend Euro gebracht, bin damit aber ganz zufrieden.

Für mich ist auch der zweite christliche Jugendtreff, den Simon und ich organisieren, eine gute Erfahrung. Ich hatte vorgeschlagen, dass diesmal er von seinem Leben und seiner Glaubensentscheidung berichtet, aber das wollte er nicht.

„Ich kann nicht so etwas Eindrückliches erzählen wie du. Besser ist, wir knüpfen an unser letztes Thema an. Wenn wir hier am See sitzen, bietet sich ‚Wasser' doch an. Da können wir eine spannende Begebenheit aus der Bibel nehmen. Das gefällt den Kids bestimmt!"

Und so ist es auch. Beim zweiten Mal sind es sogar elf, die in unserer Runde am Ufer des Glafsfjorden Platz nehmen, Pia ist auch noch mitgekommen.

„Zu meinen Lieblingsgeschichten in der Bibel zählt die, wo Jesus und seine zwölf Jünger über den See Genezareth fahren und ein Sturm aufkommt", beginne ich.

„Gibt es wieder ein Unglück?", fragt Alex sofort.

„Mit Jesus an Bord? Ne, da passiert doch nichts", meint Torben.

„Aber Jesus bekommt gar nichts davon mit, dass das Boot in Seenot gerät", fahre ich fort. „Er schläft nämlich tief und fest auf dem Achterdeck. Die Jünger haben panische Angst, dass ihr Boot untergeht und sie alle ertrinken, wenn er nicht eingreift. Deshalb rütteln sie ihn wach."

„Und dann?"

„Dann beruhigt Jesus die Jünger und die Wellen. ‚Habt keine Angst', sagt er. ‚Vertraut Gott! Bei ihm seid ihr sicher und werdet nicht untergehen.'"

„Hab ich's nicht gewusst?" Torben blickt zufrieden in die Runde.

„Weshalb erzähle ich euch das wohl? Wir fahren ja nun nicht ständig mit irgendwelchen Schiffen, und in Seenot werden wohl die wenigsten von uns je geraten."

Aber meine Zuhörer sind nicht dumm, sehr schnell bringen sie es auf den Punkt, dass einem auch im normalen Leben „das Wasser bis zum Hals stehen kann", man Angst hat und nicht weiter weiß.

„Dann hat man so große Sorgen, dass die wie Wellen über einem zusammenschlagen", meint Emma, deren Eltern sich getrennt haben. Simon stimmt das Lied „Immer auf Gott zu vertrauen, das ist der beste Weg" an und begleitet es auf der Gitarre.

Mir ist aber noch etwas anderes wichtig, als zu vermitteln, dass man sein Vertrauen in Gott setzen soll.

„Wir müssen uns aber auch wirklich an ihn wenden, wenn wir wollen, dass er uns hilft."

„Schläft Gott denn manchmal? Oder Jesus?", erkundigt sich Lucy. „Dass man ihn aufwecken muss?"

„Nein, eigentlich nicht. Jesus hatte ja nicht wirklich die Kontrolle über das Schiff verloren, nachdem er sich hinten zur Ruhe begeben hatte. Aber unser Glaube schläft manchmal, und manchmal drehen wir auch wie blöd am Steuerrad, um uns selbst zu retten, statt unsere Probleme Gott zu übergeben als Kapitän unseres Lebens. Versteht ihr?" Alle nicken.

Wir singen noch einmal, dann lässt Simon ein kleines Boot zu Wasser, das er für diesen Zweck aus Ästen gebastelt hat. Es dümpelt in den flachen Uferwellen, wird hochgehoben, taucht dann wieder ins Wellental und treibt schaukelnd weiter auf den Glafsfjorden hinaus. Aber so klein und primitiv es auch ist, es geht nicht unter.

„So ist es auch mit unserem Lebensschiff: Wenn Jesus seine Hände schützend über uns breitet, kommen wir gut durch die Wellen."

Ich bin sehr froh, dass auch der zweite Jugendtreff gut gelaufen ist, und hoffe, dass die elf Freizeitteilnehmer aus wirklichem Interesse gekommen sind und nicht nur, weil es eine kleine Abwechslung in der täglichen Routine war. Morgen, an unserem vorletzten Tag hier, steht am Nachmittag noch mal ein größerer Programmpunkt an: die Besichtigung des Auto-Museums von Arvika.

Die Teilnahme daran ist freiwillig, und ich habe keine rechte Lust. Was interessieren mich alte Autos?

Als es losgehen soll, ist meine Stimmung sowieso auf dem Nullpunkt: Simon war nach dem Frühstück unauffindbar, und wenn er jetzt noch mitfährt nach Arvika, habe ich den ganzen Tag nichts von ihm gehabt. Aber im Gegensatz zu den anderen Jungen und einigen der Mädchen will er gar nicht mit.

„Ich würde lieber mit dir die Insel drüben erkunden. Wollen wir?"

„Ich dachte schon, du fragst mich überhaupt nicht mehr!"

„Ach weißt du, Hannah, am Anfang fanden alle es spannend, zur ‚Liebesinsel' zu rudern. Es war fast so was wie ein Wettbewerb: Wer kriegt das Boot? Welche zwei sind jetzt drüben? Wer wird wohl das nächste

Pärchen sein? Da wurden ja sogar Wetten drauf abgeschlossen! Das war mir zu blöd. Deshalb habe ich gewartet, bis die Insel für die meisten ihren Reiz verloren hatte. Und heute, wo keiner der Jungen da ist, um dämliche Kommentare abzugeben, wollte ich die Gelegenheit nutzen, mit dir rüberzurudern."

„Und warum?"

„Warte mal ab, ich will dir was zeigen."

Was soll das denn heißen? Die anderen sind bestimmt nicht rübergefahren, um sich dort etwas anzusehen ...

Schweigend rudern wir das kurze Stück zur Insel hinüber. Das heißt, Simon rudert natürlich.

Als wir da sind, steigt er mit hochgekrempelten Hosenbeinen in das flache Wasser, zieht das Boot ans Ufer und hilft mir an Land. Eigentlich sieht es hier genauso aus wie bei uns drüben auf dem Festland.

„Wollen wir uns mal umsehen?"

Klar, wo ich nun schon mal hier bin ...

Wir durchqueren das kleine Eiland auf einem schmalen Trampelpfad, der durch das niedrig wachsende Buschwerk hinüber auf die andere Inselseite führt. Wir klettern ein paar Meter die ansteigende Uferböschung hinauf und haben den höchsten Punkt der „Liebesinsel" erreicht. Von hier kann man den gesamten Kyrkviken überblicken. Simon lotst mich weiter bis zur Nordspitze, die wir nach fünf Minuten erreichen.

„Da unten ist ein nettes Plätzchen", sagt er und reicht mir seine Hand. „Das nette Plätzchen" entpuppt sich als winzige geschützte Bucht, eingerahmt von glattgeschliffenen Felsen. Sanft plätschern die Wellen ans Ufer. Und da sehe ich es: Unter den tief hängenden Zweigen eines Laubbaumes liegt ein großes, aus Steinen gelegtes Herz auf dem moosigen

Boden, in der Mitte zwei Buchstaben – ein großes S. und ein H. Simon und Hannah.

Ich bin sprachlos. Dann ist Simon heute Vormittag schon mal hier gewesen, um die Überraschung für mich vorzubereiten!

„Ich bin nicht so gut darin, große Worte zu machen“, sagt Simon leise neben mir. „Da habe ich mir gedacht, ich zeige dir auf diese Weise, was ich für dich empfinde.“

„Simon – ist das wahr?!“

„Du hast mir von Anfang an gefallen. Als wir uns dann besser kennengelernt haben, habe ich schnell gemerkt, wie gern ich mit dir zusammen bin. Und dann habe ich mich in dich verliebt.“

Er sieht mich an und nimmt mein Gesicht in beide Hände. Das fühlt sich gut an. Dann beugt er sich vor und küsst mich, und das fühlt sich noch viel besser an.

„Denkst du, dass ... Ich meine: Könntest du dir vorstellen – also –“ räuspert er sich. Aber er muss gar nichts mehr sagen oder fragen.

Ich schlinge meine Arme um seinen Nacken und küsse ihn meinerseits.

„Ich liebe dich auch, Simon“, sage ich atemlos und bin mir mit einem Mal ganz sicher. Wir sitzen eine Weile neben Simons Steinherz, blicken auf das im Sonnenschein glitzernde Wasser des Glafsfjorden und sind einfach nur glücklich.

„Ich war mir nicht sicher, ob ich mehr für dich bin als nur ein guter Freund, den man um Rat fragen kann“, sagt Simon, nachdem wir uns wieder geküsst haben.

„Ich wusste aber auch nicht, was du für mich empfindest“, entgegne ich.

„Ich habe immer gedacht, dir ist klar, dass die

Valentinskarte für dich an der Tür vom ‚Lindenhaus' von mir war."

„Von dir?! Aber Simon, ich hatte nicht die leiseste Ahnung!"

„Als ich euch die Kassette von den Gottesdiensten gegeben habe, die ich beschriftet hatte, da habe ich gedacht, du erkennst bestimmt meine Schrift."

„Ne, das ist mir nicht aufgefallen."

Aber das ist ja jetzt egal. Wir sind verliebt, wir sind zusammen, und alles andere zählt nicht. Schließlich verstreuen wir die Steine am Ufer, damit niemand, der nach uns auf die Insel kommt, die Botschaft lesen kann. Einen Stein, den kleinsten, nehme ich zur Erinnerung mit.

* * *

Am nächsten Tag, unserem letzten in „Hus Skogsbär", fährt niemand zur „Liebesinsel". Es ist kühl geworden und regnet ab und an. Wir müssen die Kanus umgedreht lagern, das Ruderboot am Steg anschließen, alle Zimmer, die Bäder und die Küche putzen, die es dringend nötig hat, und schon am Abend unsere Sachen packen und im Bus verstauen, denn am nächsten Morgen geht es wieder mitten in der Nacht los. Alle sind so beschäftigt, dass niemandem auffällt, dass ich auf Wolke sieben schwebe. Aber das ist vielleicht ganz gut so. Es wird sich noch schnell genug im „Eichenhof" herumsprechen, dass Simon und ich jetzt ein Paar sind.

Erst als wir auf der Fähre nach Dänemark sind, an der Reling lehnen und uns den Wind um die Nase wehen lassen, macht Mascha eine entsprechende Bemerkung: „Sag mal, hast du heute Grinsekekse gefrühstückt, oder warum strahlst du so? Andererseits –"

sie macht eine kleine Pause und sieht Simon prüfend von der Seite her an, der neben mir steht und den Arm um meine Schulter gelegt hat „– kommt mir da gerade so ein bestimmter Verdacht ... Dann kann man euch beiden wohl nur gratulieren!“

* * *

Zurück im „Eichenhof“ sind die meisten aus ihrem Urlaub wieder da. Leonie berichtet von ihrem tollen Hotel in der Türkei und dass man auf dem Markt in Side unheimlich billig Markenklamotten kaufen konnte, auch wenn die wahrscheinlich alle gefälscht waren. Isabell war natürlich auf Mallorca, mit den Eltern und Didi, ihrem Freund, Vanessa auf Ibiza – „Da geht was ab, Leute! Sagenhaft!“ –, Ann-Kathrin war auf einer griechischen Insel, Conny mit der Familie im Bayrischen Wald, zum Wandern.

„Und wie war's auf der Freizeit?“

„Gut. Typisch schwedisch mit rotem Holzhaus am See, Kanus und Ruderboot und viel Natur drumherum. Und natürlich mit noch mehr Mücken.“

„Du Arme! Die waren sicher eine Plage“, bedauert mich Conny.

„Und sonst? Gab's Lagerfeuerromantik oder sowas in der Art? Du weißt schon!“

Ich merke, wie ich rot werde.

„Hach!“, schreit Leonie. „Sag nichts! Ich weiß es schon! Man sieht es dir an der Nasenspitze an: Du bist verliebt! Ich fand gleich, dass du ganz anders bist, seit ihr zurück seid.“

„Und wer ist der Glückliche?“

Natürlich sind alle schrecklich neugierig. Aber Leonie hebt abwehrend beide Hände. „Wartet, Leute! Ich hab's vorher schon gesagt: entweder Vincent,

Jonas oder Simon. Vincent scheidet aus, der ist jetzt definitiv mit Charlotte zusammen. Also Jonas oder Simon ..." Sie sieht mich scharf an. „Es ist Simon, jede Wette!"

„Wette gewonnen", sage ich nur und merke, dass ich schon wieder grinse wie ein Honigkuchenpferd.

„Ich hätte doch mitfahren sollen", seufzt Ann-Kathrin. „Dann hätte ich jetzt vielleicht auch einen festen Freund ... Muss ja wohl an den hellen Nächten liegen."

Die anderen freuen sich mit mir, nur Vanessa lächelt etwas säuerlich.

„Na ja, mein Typ wär' er nicht."

„Keine Sorge", kontere ich, „du wärst auch garantiert nicht seiner!"

Selbst wenn ich superglücklich bin und die ganze Welt umarmen könnte, schließt das Zicke Vanessa nicht unbedingt ein.

„Du leuchtest geradezu von innen", sagt Leonie später zu mir, als wir in unserem Zimmer allein sind. „Mann, muss Liebe schön sein!"

„Für dich kommt irgendwann auch der Richtige."

„So weit ist es schon mit euch?!" Leonie reißt beide Augen auf. „Habt ihr auch schon Namen für eure zukünftigen Kinder?"

„Quatsch! Aber es ist schon toll, wenn man sich so gut versteht wie wir beide und dann auch noch die Liebe dazukommt. Ich fühle mich wie ein ganz anderer Mensch!"

* * *

Aber es kommt noch etwas anderes Entscheidendes dazu, was mich sozusagen erst wirklich zu einem „neuen Menschen" machen wird. Am Sonntag, im

Gottesdienst der Marien-Kirche, verkündet Pastor Deemer in den Bekanntmachungen, dass der nächste Gottesdienst wieder ein Taufgottesdienst sein wird, und bittet diejenigen, die das betrifft, nach dem Schlussgebet noch kurz zu ihm zu kommen.

Wir sind fünf Täuflinge, wie sich zeigt: zwei Babys, eine Dreizehnjährige, die als Kleinkind nicht getauft wurde, aber zusammen mit ihren Freundinnen konfirmiert werden möchte, ein junger Zivildienstleistender aus Hemmlingen und ich. Pastor Demeer erläutert kurz den Ablauf, erkundigt sich, ob wir noch Fragen haben, und entlässt uns in die neue Woche.

Simon und Conny, die auf mich gewartet haben, freuen sich, dass ich nächsten Sonntag getauft werde, und werden natürlich dabei sein.

„Wen lädst du denn alles ein?“, will Conny wissen.

„Einladen? Wieso?“

„Na, das ist doch ein ganz besonderer Schritt, wenn du entschieden hast, dich taufen zu lassen. Das behält man doch nicht für sich, da lässt man doch möglichst viele dran teilhaben und feiert es richtig!“

So habe ich das bisher nicht gesehen, aber vielleicht hat sie recht.

„Ich werd mal drüber nachdenken.“

11. Der Kreis schließt sich

Am Mittwoch, dem letzten Ferientag, ziehen wir alle vom Obergeschoss des „Lindenhauses“ in die unteren Räume. Jenny, Midori, Yvonne und die anderen, die bis jetzt im Erdgeschoss gewohnt haben, sind nun im Vorsemester und wechseln ins „Erlenhaus“, und wir übernehmen als neue zehnte Klasse ihre Zimmer. Oben, in unsere alten Räume, quartieren sich die Schülerinnen der bisherigen Achten aus dem „Buchenhaus“ ein, die nun in der Neunten sind.

Als ich noch neu im Internat war, hielt ich die ganze Umzieherei für ziemlichen Schwachsinn. Aber jetzt finde ich das eigentlich ganz gut. Nach einem vollen Jahr ist es eine Abwechslung, beim Frühstück und Abendbrot mit acht neuen Mädchen zusammenzusitzen, als immer die gleichen Gesichter zu sehen. Außerdem sind wir jetzt die Älteren, und es ist von Vorteil, wenn man nicht mehr unterm Dach wohnen muss, wo es im Sommer manchmal recht heiß wurde, sondern die unteren Räume bekommt. Dann muss man auch nicht immer die Treppe rauf und runter und hat Frau Mayer nicht mehr auf dem gleichen Stockwerk. Und die Erdgeschosswohnungen wirken größer, weil sie keine Dachschräge haben, so ist über den Betten mehr Wandfläche für Regale und Poster.

Leonie und ich bewohnen jetzt das „Hasenzimmer“, Vanessa, mit der ich nach wie vor ziemlich auf Kriegsfuß stehe, ist mit Conny passenderweise ins „Fuchszimmer“ gezogen. Lissy und Isa sind „Dachse“, Maja und Ann-Kathrin die „Igel“. Na ja. Wir sind jetzt in der Zehnten und könnten auf solch alberne

Zimmernamen gut verzichten. Aber das ist nun mal der „Eichenhof".

Lissy hängt natürlich ein weiteres Pferdeposter auf, Vanessa hat ihre Wandhälfte mit einem riesigen Bild der New Yorker Skyline bepflastert und Maja eine ganze Fotogalerie ihrer Familie angebracht, inklusive eigener Babyfotos, die sie als Wonneproppen zeigen, und Schwarzweißaufnahmen ihrer Groß- und Urgroßeltern, die in ihrem Sonntagsoutfit ernst in die Kamera schauen. Leonie und ich wollen den gewonnenen Platz lieber für zwei größere Regale nutzen, die aus der Möbelfabrik ihres Vaters stammen und uns deshalb nichts kosten. So können wir mehr Bücher und Schnickschnack unterbringen. Sie setzt einen Großteil ihrer Kuschelmäuse ins Regal, ich stelle ein Foto auf, das Simon am Glafsfjorden zeigt, und lege meinen Stein dazu. Nun sind wir eingerichtet und gerüstet für das, was im neuen Schuljahr auf uns zukommt.

* * *

Beim ersten gemeinsamen Abendbrot geht es recht lebhaft in der großen Essküche zu. Von unseren neuen Mitbewohnern kennen wir alle acht vom Sehen, wissen aber bis auf zwei, drei Ausnahmen nicht, wie sie heißen. Die hübsche Dunkelhaarige ist natürlich Patricia, die im Mai bei der Miss-Wahl angetreten war. Ihre Freundin heißt Miriam.

„Ich bin Felicitas, und das ist Marie", stellen sich die nächsten vor. Dann gibt es noch zwei Lenas, die aber nicht zusammen wohnen. Lena 1 teilt sich mit Sandra das ehemalige „Nachtigallenzimmer", Lena 2 und Sophie sind die beiden „Lerchen".

Frau Mayer bleibt natürlich unsere Hausmutter,

wird sich aber in erster Linie um die Neuen unterm Dach kümmern. Wir sind ja schon alte Hasen.

„Wen wir wohl als Klassenlehrer oder -lehrerin kriegen?“

Das ist natürlich eine entscheidende Frage. Aber morgen werden wir es wissen, es lohnt also nicht, sich groß Gedanken darum zu machen.

Ich grüble noch immer darüber nach, wem ich von meiner bevorstehenden Taufe erzählen soll. Schließlich ist es schon in vier Tagen so weit. Vanessa will ich eigentlich gar nicht dabei haben, wenn ich ehrlich bin. Selbst wenn sie kommen sollte, was ich bezweifle, macht sie wahrscheinlich nur spitze Bemerkungen und tut das Ganze als unnötiges Brimborium ab. Die anderen aus unserer Wohngruppe wären okay.

Und was ist mit Jenny, Yvonne, Nadja, Midori und den anderen, mit denen wir ein Jahr lang zusammen im „Lindenhaus“ gewohnt haben? Einerseits gab es keine Probleme, andererseits war der Kontakt nicht besonders eng. Und wenn ich nur Jenny, Midori und Mascha einlade? Mit den dreien habe ich mich auf der Schweden-Freizeit gut verstanden. Aber Midori ist keine Christin, und vielleicht finden die beiden anderen, dass es Zeitverschwendung ist, extra mit dem Bus nach Priessdorf zu fahren und den ganzen Gottesdienst mitzumachen, nur um zu sehen, wie mir Wasser aus dem Taufbecken über die Stirn gegossen wird. Wem nicht klar ist, welche Bedeutung eine Taufe hat, kann der Zeremonie sicher nicht viel abgewinnen. Ich bin sehr unsicher, wie ich mich verhalten soll. Simon ist mir in diesem Punkt auch keine Hilfe.

„Das musst du selbst entscheiden, Hannah“, war alles, was er dazu sagen wollte.

Aber ich schiebe die Entscheidung immer weiter vor mir her. Na ja, warten wir mal den ersten Schultag ab. Da sind sowieso alle damit beschäftigt, ihre AGs zu wählen und darüber zu diskutieren, ob der übliche Lehrerwechsel in ihrem Sinne war oder nicht.

* * *

Erstaunlicherweise betritt am nächsten Morgen wieder Herr Wollschläger unseren Klassenraum.

„Tja, meine Lieben! Wir werden noch ein weiteres Jahr miteinander auskommen müssen. Organisatorische Gründe sind dafür verantwortlich, dass ich auch in der Zehnten euer Klassenlehrer bleibe."

Ich habe nichts dagegen, und ein schneller Blick in die Runde zeigt, dass die anderen das wohl genauso sehen. Auch Frau Mayer behalten wir in Französisch, die anderen Lehrer wechseln. Wir haben jetzt zum Beispiel Frau Dr. Peters-Obst in Deutsch, was mir nur recht ist, denn ich will ja in die von ihr betreute Schülerzeitungs-AG.

„Was nimmst du?", frage ich Leonie, als wir vor unseren Wahlzetteln sitzen.

„Italienisch", sagt sie. „Und Spanisch als Zweitwunsch."

Nein, so sprachbegabt wie Leonie bin ich nicht, Englisch und Französisch reichen mir vollkommen.

Conny trägt sich auch für die Schülerzeitung ein. Hoffentlich klappt es! Wir werden uns bis Montag gedulden müssen, ehe bekannt gegeben wird, wer in welcher Arbeitsgemeinschaft gelandet ist.

* * *

Am Freitag Nachmittag packt Vanessa schon wieder ihre Koffer. Sie will übers Wochenende zu Freunden nach Berlin, die sich angeblich in der Mode- und Modellszene auskennen. Soll sie nur fahren, das passt mir ganz gut. Als sie weg ist, hole ich tief Luft.

„Hört mal kurz her, ich will euch was sagen! Ihr wisst ja, dass ich mit Conny sonntags immer den Gottesdienst in Priessdorf besuche. Und der jetzt übermorgen ist ein ganz besonderer, jedenfalls für mich. Ich lasse mich nämlich taufen. Und deshalb lade ich euch alle ein mitzukommen und bei meiner Taufe dabeizusein, wenn ihr wollt."

„Tut mir leid, Hannah, aber ich kann nicht", sagt Isabell bedauernd. „Ich fahre morgen mit Didi zu seinen Eltern, seine Mutter hat Geburtstag. Am Sonntagvormittag werde ich noch nicht zurück sein."

Die anderen haben nichts vor.

„Natürlich komme ich mit!" Leonie drückt meinen Arm. „Das ist bestimmt ein wichtiger Tag für dich – da bin ich mit von der Partie."

„Wird man da ganz untergetaucht?", fragt Maja neugierig.

„Nö, das nicht. Es ist ja nur eine symbolische Handlung", erkläre ich.

„Es gibt aber auch Gemeinden, die machen das so", weiß Conny zu berichten. „Da ist ein richtig großes Taufbecken in den Boden eingelassen, das wird extra bei Taufgottesdiensten mit Wasser gefüllt. Der Pastor und der Täufling steigen in weißen Gewändern hinein und dann wird mit Untertauchen getauft. Ich war schon mal bei so einer Taufe dabei, als Zuschauer."

So spektakulär geht es nicht zu in der Marien-Kirche, trotzdem wollen die anderen mitkommen. Dann sind es also sechs, die mich begleiten: Simon und

Conny, Leonie, Lissy, Ann-Kathrin und Maja. Das gefällt mir, und ich beschließe, niemand weiter zu fragen.

Obwohl die Handlung selbst keine große Sache ist, bin ich doch aufgeregt, als wir in der Kirche Platz nehmen. Getauft wird erst am Ende des Gottesdienstes, aber natürlich sind die Lieder und die Predigt auf das Thema „Taufe" abgestimmt.

Simon wirft komischerweise immer mal wieder einen Blick auf seine Armbanduhr. Er macht es ganz beiläufig, aber es irritiert mich doch. Und dann beugt er sich plötzlich zu Beginn der Bekanntmachungen zu mir herüber und raunt mir zu, er müsse mal kurz raus. Beim nächsten Lied ist er wieder da und lächelt mich an, als er sich neben mich setzt. „Alles in Ordnung."

Ich weiß nicht, was ich davon halten soll, aber ehe ich ihn fragen kann, kommt die Predigt, auf die ich mich konzentrieren will.

Wie schon im Januar erklärt Pastor Demeer zuerst die Bedeutung einer Taufe anhand der Bibel: dass man damit als „neuer Mensch" zu Gott gehört und das Wasser die „alten Sünden" abwäscht. Er geht auch auf das unterschiedliche Alter der Täuflinge ein: dass man Babys tauft, damit sie zu Gottes Reich gehören, die zwar noch nicht selbst entscheiden können, die aber dann Taufpaten zur Seite gestellt bekommen, und dass Erwachsene, die nicht als Kinder getauft wurden, diese Entscheidung für sich selbst treffen, wenn sie bewusst mit Gott leben wollen. Abschließend erwähnt er die Mondlandung der Amerikaner.

„Für den Astronauten Armstrong war es nur ein kleiner Schritt, aber ein großer für die Menschheit. Genauso ist es für unsere Täuflinge, die ich jetzt nach vorn bitte. Es ist nur ein kleiner Schritt zum Taufbecken, aber ein entscheidender für ihr weiteres Leben. Ich werde jedem einen Taufspruch mit auf den Weg geben, den ich ausgewählt habe und von dem ich hoffe, dass er sich wie ein roter Faden durch ihr Leben zieht. Ein Wort von Gott, das Zuspruch, Halt und Hilfe sein soll."

Ich bin sehr gespannt, wie mein Taufspruch lauten wird. Zuerst werden die beiden Babys getauft, dann soll die zukünftige Konfirmandin ans Taufbecken treten, danach ich, zum Schluss der junge Zivi. Diese Reihenfolge hat uns Pastor Demeer letzten Sonntag genannt.

„Und jetzt bitte ich Hannah Mommsen zu mir."

Er fragt mich, ob ich mein zukünftiges Leben mit Gott leben will, und ich antworte mit Ja.

Es klingt erstaunlich klar und kräftig, obwohl mir das Herz bis zum Hals klopft.

Pastor Deemeer taucht seine Hand in das Wasser, lässt ein wenig davon über meine Stirn laufen, schlägt ein Kreuz darüber und segnet mich, genau wie die anderen vor mir.

„Für dich, Hannah, habe ich das Bibelwort aus 1. Chronik, Kapitel 16, Vers 34 ausgesucht: ‚Preist den Herrn, denn er ist gut, und seine Gnade hört niemals auf.'" Dann überreicht er mir mein Taufkärtchen und wendet sich dem letzten in unserer Reihe zu.

Preist den Herrn, denn er ist gut, und seine Gnade hört niemals auf.

Ja, das ist ein schöner Taufspruch und ein für mich sehr passender, finde ich. Ich habe Gott ja schon gepriesen, hier vor der ganzen Gemeinde, als mein Vater letzten Winter nach dem Schiffsunglück gerettet wurde. Ohne Gottes Eingreifen wäre er ertrunken, da bin ich ganz sicher. Und das zeigt doch: Gott ist gut! Auch dass er mir Simon geschickt hat, ist ein Grund mehr für mich, an seine Güte zu glauben. Und ich bin überzeugt davon, dass mir noch mehr Gutes in meinem Leben widerfahren wird, wenn ich Gott vertraue. Und wenn ich daran denke, wie lange ich nichts von ihm wissen wollte, dann kann ich nur sagen: dass Gott mich liebt, ist wirklich eine Gnade.

Das letzte Lied ist verklungen, der Segen über die ganze Gemeinde gesprochen und der Gottesdienst zu Ende.

Ich gehe mit den anderen in die Eingangshalle und fühle mich ein bisschen benommen, ich weiß auch nicht genau, wieso. Conny umarmt mich und gratuliert mir, Simon drückt mich an sich und murmelt in mein Haar, wie glücklich er sei, auch die anderen umringen mich und lassen sich anstecken von der allgemeinen Freude. Doch plötzlich tauchen noch andere Gesichter auf, die ich kenne.

„Herzlichen Glückwunsch, Hannah! Sagt man das so?“, fragt Maxi ein wenig atemlos. Auch Emma und Lucy sind da, Kati, Lena und Pia, und alle strahlen. Torben und Alexander halten sich ein wenig verlegen im Hintergrund, Mark grinst wie ein Honigkuchenpferd. Olli klopft mir so kräftig auf den Rücken, dass ich zusammenzucke. Nur Konstantin fehlt.

Ich bin richtig gerührt, dass sich praktisch der ganze „schwedische Jugendkreis“ hier eingefunden hat.

„Aber woher wusstet ihr –“

„Simon hat uns zusammengetrommelt. Er hat uns von deinem großen Tag erzählt und gefragt, ob wir dabei sein wollen. Und damit es eine Überraschung ist, sind wir einen Bus später gefahren“, sprudelt Lucy hervor.

„Ja, Simon hat uns ganz leise in die Kirche gebracht, als der Gottesdienst schon lief.“ – „Und wir haben ganz hinten gesessen, damit du uns vorher nicht siehst!“

„Na, die Überraschung ist euch wirklich gelungen!“ Ich lächle Simon an und würde ihn am liebsten vor all den Leuten küssen, so lieb habe ich ihn.

Da zupft mich Emma am Ärmel.

„Du, Hannah, es gibt da aber noch was, was wir dich fragen wollten.“ Sie sieht in die Runde, als wolle sie sich vergewissern, dass sie für alle spricht. Kati nickt eifrig, und Lena pufft sie ermunternd in die Seite. „Nun sag schon!“

„Ja, also –“ Emma wendet sich wieder mir zu. „Wir dachten, es wäre eine gute Idee, wenn wir uns auch im ‚Eichenhof‘ manchmal treffen könnten, so wie am Glafsfjorden. Also, dass du und Simon, ihre beide, die Treffen organisiert und uns was erzählt aus der Bibel und eurem Leben ...“

„Meinst du, das geht?“, fragt Lucy hoffnungsvoll. „So einmal in der Woche vielleicht, wenn du Zeit hast und Simon auch? Du kannst das bestimmt – und jetzt bist du doch auch noch getauft!“

„Du hast gesagt, dass du mit Gott leben willst“, sagt Torben. „Wir haben das alle gehört!“

„Ja“, ergänzt Alex. „Gottes Liebe ist jetzt auf dich gefallen, und dann musst du sie auch weitergeben – an uns!“

Dieser Logik kann man sich nur schwer verschließen.

„Ja, wenn ihr meint, dass ich das kann, dann will ich es gern versuchen.“

Ein christlicher Jugendkreis ... Ich, Hannah Mommsen, habe einen christlichen Jugendkreis gegründet! Ich sehe Simon an. Der hebt abwehrend beide Hände.

„Damit habe ich nichts zu tun, Hannah. Das haben die Kids ganz allein ausgebrütet! Ich höre es jetzt zum ersten Mal."

„Hilfst du mir denn?"

„Natürlich! Das ist doch Ehrensache!"

„Aber du hast doch gar nicht so viel Zeit, du musst dich doch auf dein Abi vorbereiten!"

Simon geht jetzt in die dreizehnte Klasse, im nächsten Frühsommer wird er sein Abitur machen. Ich mag gar nicht daran denken, wie es sein wird, wenn er nicht mehr auf dem „Eichenhof" ist.

„Wir schaffen das schon", sagt er jetzt. „Mit Gottes Hilfe."

Also gut, dann will ich mir keine Sorgen machen. Ich kann es gar nicht fassen: Da bin ich heute nicht nur getauft worden, sondern habe auch gleich eine Aufgabe bekommen. Simon summt leise eine wohlbekannte Melodie an meinem Ohr: „Ins Wasser fällt ein Stein ... Wenn Gottes große Liebe in einen Menschen fällt, dann wirkt sie fort, in Tat und Wort, so, wie es ihm gefällt ..."

Nun denn, packen wir es an – in Tat und Wort!

Und so begann alles:

Hannah auf neuem Kurs
Internat Eichenhof – Band 1
ISBN 978-3-86122-862-2
144 Seiten, kartoniert

Eigentlich ist für Hannah alles im grünen Bereich. Doch dann der Schock: Sie soll ins Internat! Wie furchtbar! Nur fremde Gesichter um sie herum, und alle ihre Freunde sind weit weg. Aber vielleicht kann sie neue Freunde finden? Vielleicht ist alles gar nicht so schlimm? Ohne den „Eichenhof" hätte sie jedenfalls Leonie, Lissy und Isabell nie kennengelernt. Und dann ist da noch Constanze, die ganz entschieden an Gott glaubt. Den gibt's doch gar nicht, meint Hannah. Kann Constanze Hannah vom Gegenteil überzeugen? Nimmt Hannahs Leben eine entscheidende Wende?

Weitere Titel von Marion Birkigt

Franzi ... endlich 13
ISBN 978-3-86122-738-0
144 Seiten, kartoniert

Lehrer, Locken, Liebeskummer ...

Franzi erscheint das Leben manchmal ganz schön kompliziert. Sie mag weder ihre Sommersprossen noch ihre Spagettihaare, und ihren kleinen Bruder Max empfindet sie meistens als Nervensäge. Ein Glück, dass es auch Highlights gibt: den Songwettbewerb beim Schulfest zum Beispiel und dann endlich ihren dreizehnten Geburtstag! Ob alles besser wird, wenn man ein Teenager ist? Und ob Gott Gebete erhört, wenn es um die erste Liebe geht?

„Mensch, Mama!"
ISBN 978-3-86122-576-8
162 Seiten, kartoniert

„Als Mama neulich an meine Tür klopfte, wusste ich gleich, dass etwas im Busch war."

So beginnt Anna ihre Geschichte. Sie ist fünfzehn Jahre alt und hat 'ne Menge Stress mit ihrer alleinerziehenden Mutter, die sich in alles einmischt. Sie hat viele kleine Ticks und kann sich ständig für etwas Neues begeistern – sei es vegetarische Küche, Fitness oder Quizshows im Fernsehen. Außerdem hat sie einen neuen Freund. Und dann erst die Reise nach Südfrankreich ...

Da macht man was mit, meint Anna und seufzt: „Mensch, Mama!"

www.sarah-bee.de

ISBN 978-3-86122-652-9
208 Seiten, kartoniert

Die Inter*Nette*

„Es ist aus", sagt Tim zu Sarah – und das ausgerechnet an ihrem siebzehnten Geburtstag! Fürs erste hat Sarah die Nase voll von Männern. Lieber will sie mit ihrem neuen PC ins Internet gehen. Dort kann man gefahrlos Kontakte knüpfen, ohne dass es mit Herzschmerz endet. Im Netz lernt sie jede Menge neue Leute kennen, sie bekommt sogar eine Einladung zum Fernsehen und nach Spanien. Am Ende entdeckt sie ihr Herz für Nilpferde und erlebt eine riesengroße Überraschung ...